Ilhéus
Copyright © Helena T., 2023

Os textos em itálico da página 36 foram extraídos da crônica "O beijo do beija-flor", de Fernando Reinach, publicada em 29/08/2015, no jornal O Estado de S. Paulo, e reproduzidos com a autorização do autor.

Edição: Felipe Damorim e Leonardo Garzaro
Assistente Editorial: Leticia Rodrigues
Arte: Vinicius Oliveira e Silvia Andrade
Foto da capa: Mônica Nogueira
Revisão e Preparação: Leticia Rodrigues

Conselho Editorial:
Felipe Damorim, Leonardo Garzaro, Lígia Garzaro,
Vinicius Oliveira e Ana Helena Oliveira.

Dados Internacionais de Catalogação na Publicação (CIP)
(Câmara Brasileira do Livro, SP, Brasil)

T814i

T., Helena

Ilhéus / Helena T. – Santo André - SP: Rua do Sabão, 2023.

144 p.; 14 x 21 cm

ISBN 978-65-81462-64-2

1. Romance. 2. Literatura brasileira. I. T., Helena. II. Título.

CDD 869.93

Índice para catálogo sistemático
I. Romance : Literatura brasileira
Elaborada por Bibliotecária Janaina Ramos – CRB-8/9166

[2023] Todos os direitos desta edição reservados à:
Editora Rua do Sabão
Rua da Fonte, 275 sala 62B - 09040-270 - Santo André, SP.

www.editoraruadosabao.com.br
facebook.com/editoraruadosabao
instagram.com/editoraruadosabao
twitter.com/edit_ruadosabao
youtube.com/editoraruadosabao
pinterest.com/editorarua
tiktok.com/@editoraruadosabao

Ilhéus

HELENA T.

Personagens

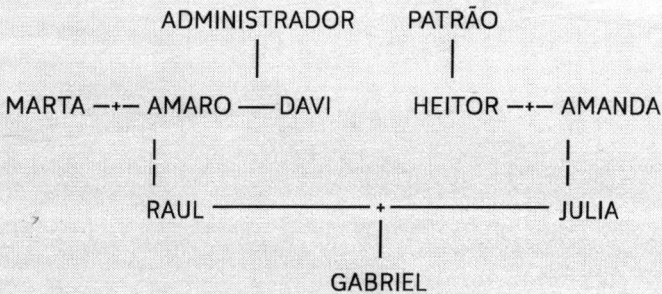

2019 |

Júlia

prefere pelas manhãs, no lusco-fusco do despertar, quando o corpo está destituído de razão e o sonho e a vigília se organizam na fronteira dos esquecimentos. Sente o peso da mão de Raul numa carícia leve nas suas costas. Pode adivinhar seu percurso: desce do ombro ao braço esquerdo que está dobrado para frente do seu corpo, acaricia o cotovelo e segue, quase sem tocar a pele, até o contorno do quadril, puxando de leve a camisola que vai se acumulando em dobras na sua cintura.

Ali havia um côncavo maior até um mês ou dois atrás, uma curva que agora se atenua a cada dia enquanto o ventre aumenta em acréscimos suaves. É de certa forma assustador perceber nuances do seu corpo deixando de ser só seu, distribuído aos poucos em partes novas, preenchido por um alguém a quem ela vai sendo apresentada a cada manhã e com quem dormirá à noite.

Raul desnuda suas costas e com a mão se insinua entre suas coxas, está um pouco mais desperta e pensa nos mistérios que são essas coxas e ventre e seios mais entumecidos, nessa lisura da pele esticada por líquidos, seivas, linfas, sangue. Não abre os olhos, assim experimenta melhor a sensação do toque de Raul e desliza a perna esquerda, dobrando-a para a frente. Seus movimentos não têm sido os de sempre, tão precisos, na exata dimensão do desejo que desperta com ela nessas manhãs, quando então se ajeita, se estende ou se encolhe. Agora seus gestos são mais vagarosos e densos, têm certa languidez que ela não procura, apenas acontece conforme o corpo se modifica. Sente o olhar de Raul a percorrer suas costas, quando deita sobre a barriga, não muito, num pequeno angulo, porque já não domina o que contém, e puxa o braço esquerdo para debaixo do travesseiro. Há um apelo nesse gesto, um oferecimento, Raul conhece, ela ergue um pouco os quadris para que ele a encontre, mas eles estão mais largos e pesados, e ela acaba por se apoiar no colchão, sem forças, ficando quase de bruços, o tanto que o volume do ventre ainda permite. Ele entende, e apalpa cada uma de suas vértebras até alcançar o final da coluna, que massageia com vigor, num alívio. Ainda há pouco era possível ela assentar sobre Raul, totalmente exposta ao seu olhar e prazer, acompanhando as expressões do seu rosto. Já não pode mais. As coxas se distendem, se excedem e ela tem que se inclinar sobre ele, mas o abraço não se completa como antes, há um volume vivo entre os dois. Raul sabe que ela prefere que ele se estenda sobre ela, sente prazer com o seu peso, poder tocar suas espáduas, arranhar sua pele bem de leve, aconchegar a boca ao seu pescoço, sentir o seu suor e aroma. Também não é mais possível.

A mão de Raul se esgueira por baixo do seu braço esquerdo e alcança um seio. No começo, um pouco doloridas, as mamas ganharam contornos sensuais, perfil farto,. Terá que retê-las, ela sabe. Não serão sugadas por boca faminta. Haverá de desprezar o líquido morno, mas assim é, não recua nem se arrepende. Foram feitos uns para o outros, Raul, ela, e o filho que escolheram ter, foi esse o trato.

Nu, ele se aconchega às costas dela, busca sua perna esquerda que traz com cuidado em sua direção e a aloja sobre seu quadril, estão perfeitamente acomodados. Os movimentos são lentos, no limite que o corpo dela permite agora, Raul a acompanha sem pressa. No exato momento em que estão quase prontos, uma súbita descarga dolorosa se adianta da parte inferior das suas costas e a alcança no baixo ventre, um corte profundo como lâmina a transpassa, um horror de rompimento, dilaceramento, golpe. Paralisada, fica atenta àquela sensação inesperada e perturbadora que a assombra, que desconhece

– uma abelha, será?, talvez uma cobra que assusta a égua e a faz empinar de repente, uma, duas vezes, relincha alto, bufa, eu solto as rédeas de susto, me agarro ao pescoço suado do animal, escorrego, sei que vou cair, sei que vamos cair, a égua e eu, *Boneca*, grito por ela, tento me segurar na crina, consigo soltar os pés do estribo, tudo acontece em poucos segundos, ouço o farfalhar das aves assustadas que abandonam os galhos, sou lançada para o alto, faço uma curva, venho caindo de costas, posso enxergar as copas das árvores, o céu por detrás delas, as nuvens, acompanho o trajeto do meu corpo no ar e ouço o seu baque quando aterrisso sobre capim e pedras.

Suspensa no tempo, a dor volta, mal ela se recupera do susto de senti-la, vem como flecha, fere, arde, ofende a carne, o ventre se contrai, enterra as unhas no braço de Raul
– adivinho que aquele corpo branco e imenso da égua está vindo na minha direção, despencando sobre minha perna esquerda, perco o fôlego, espero o baque que acontece em seguida, o animal se contorce em cima de mim, faz um esforço para se levantar, as patas perigosamente próximas do meu rosto, bufa, rincha e, finalmente, de pé, galopa para longe e deixa um silêncio na mata, estou deitada, não consigo me mexer, penso na cobra que pode ter feito a égua empinar, tento me erguer, mas sou detida por uma dor intensa e entendo que não há o que fazer.

Completamente desperta agora, ela se retesa, Raul percebe, com cautela ela se desprende do abraço, senta-se na beirada da cama, quer estar calma, quer pensar, ter o controle do que se passa, horrorizada descobre que está sobre uma poça que inunda o colchão, isso não deveria acontecer, não pode acontecer, não é hora ainda, quer acreditar num engano, um espasmo tolo e casual
– não sei quanto tempo se passou até que alguém fala comigo, toca o meu corpo, ajeita a perna dolorida, grito, choro, me pegam, me colocam numa espécie de maca.

Raul está sentado atrás dela, as coxas em contato, seu peito nas suas costas, os braços sobre os seus, a dor retorna, ela tem náuseas e se inclina, Raul vem com ela, ficam abraçados por um instante, na trégua de um novo golpe – reconheço o ambulatório, ouço as pessoas falando em torno de mim, a voz de meu pai me tranquiliza, ele está ali, mas há um tom de desespero, digo a ele que não se preocupe, a égua está bem, saiu galopando, pai, qualquer hora Boneca reaparece, você vai ver, colocam alguma coisa sobre o meu rosto, uma máscara, tento arrancar aquilo, quero ver meu pai, falar com ele, tudo escurece e adormeço, não sei mais de nada, por muitos anos não sei de nada, faço escolhas sem saber de nada, da transfusão de sangue, sangue do meu pai, que me salva, da doença que ele me transmite em vida, que se denuncia depois cada vez que tomo a medicação e que me faz digladiar com a morte todos os dias, levei uma vida manca e carrego uma cicatriz, cuja extensão verdadeira desconheci por um longo tempo.

 Nova contração a obriga a se agachar num movimento reflexo, fica de cócoras, apoia-se na cama e nas pernas de Raul. Tem ânsias, vai vomitar, fica de pé, vira-se para ele ainda sentado na beirada da cama, pálido e assustado tanto quanto ela, ou mais ainda, então enxerga uma pequena mancha vermelha em meio ao lago de líquido amarelado que tinge o lençol, o perigo rubro do sangue, seu pavor aumenta, Raul se levanta também e a abraça e de repente tudo se consuma, o deslumbre, uma certeza lúcida de que, ainda que a vida os endureça com suas tragédias, sempre terão esse instante, esse magnífico instante que dividiram com o medo – Raul, ela e o filho deles prestes a rebentar num furor de prazer, o orgasmo súbito, intenso, real e inesperado da chegada.

1983

Heitor

Puseram um espantalho no píer, uma vassoura de ponta cabeça e um pedaço de madeira na horizontal para servir de braços. Vestiram o espantalho com uma camisa azul. Isso aconteceu quando o menino estava com 13 anos, e pareceu a ele que a figura precária saudava a paisagem, abraçava o lago, embora não fosse esse o propósito.

No começo do verão, patos selvagens e garças se aglomeravam vindos em bandos do estuário do rio. Ainda que tivessem toda a extensão das margens inabitadas à sua disposição, defecavam no píer, pintando a madeira de branco com seu esterco grosso.

A ideia do espantalho para afastar as aves havia sido do administrador, a quem o pai do menino entregara a gestão da fazenda. Três anos antes, quando chegou com a família para ocupar o posto, os seus filhos gêmeos, Amaro e Davi, foram um assombro e um susto para o garoto. Dois anos mais velhos do que ele, as figuras perfeitamente iguais lhe pareceram um milagre, deuses de cabelos lisos e negros, pele de oliva, talvez fossem anjos, um presente, um jogo de incitação a descobertas.

Não havia indícios que se pudesse saber quem era Amaro, quem era Davi, e levava um tempo até que se conseguisse identificá-los por algum detalhe, uma entonação diferente na voz, na risada. Saber quem eram não tinha nenhuma importância para o menino, importava que não havia apenas um, mas dois, e isso já lhe parecia suficientemente bom e excitante.

Cresceram juntos, à medida que cresceu nele uma veneração pelos gêmeos. Ansiava pelas férias quando tinha todo o tempo para estar com os irmãos, persegui-los e contemplá-los, admirando a compleição esplêndida dos músculos em duplicata. Ora um, ora outro.

No verão do espantalho, o esterco havia se acumulado de tal forma que impedia o uso do local. Sem aulas, o administrador dava aos filhos algumas tarefas na fazenda e quando liberados no final da tarde, os gêmeos e o menino mergulhavam no lago ou iam pescar. Se insistiam em ocupar o píer apesar da sujeira, tinham também que desviar dos ataques furiosos de uma espécie de besouro que se alimentava dos dejetos, como se os garotos pretendessem disputar com os insetos aquela imundície.

Que limpassem o lugar, está nojento, havia dito o patrão. A água jogada sobre a madeira escorreu e manchou o lago ao redor do píer. O menino acompanhou a nódoa se diluindo aos poucos até desaparecer. Anos mais tarde, num momento de profunda agonia, ele se lembraria da cena, lamentando que não houvesse soluções igualmente simples para o lixo que restasse das relações rompidas, dos propósitos nunca atingidos, da vergonha e da culpa. Ou que um espantalho tosco não tivesse o poder de afastar a podridão dos malfeitos, dos amores excluídos que a moral tende a confundir com dejetos, iguarias para besouros famintos.

Foi naquele verão do espantalho que o menino experimentou uma verdade não inteiramente compreendida. Meses antes, Davi havia quebrado um dedo da mão direita num jogo de futebol e os gêmeos não podiam mais brincar de confundi-lo de propósito, como faziam antes. O dedo torto era a primeira evidência que ele procurava quando se deparava com os irmãos. Às vezes, fingia não identificar quem era quem, apenas para que os dois ficassem por um tempo entretidos com ele naquele jogo. Sentia-se bem em ter a atenção dos gêmeos.

A tarde estava quente, o píer limpo e os três ficaram ali pescando. Depois, os gêmeos passaram às pequenas provocações, a que ele estava acostumado a assistir com divertida impaciência — seu contentamento era, de fora, incitar um e outro alternadamente. Por fim, os irmãos decidiram mergulhar, mas ele ficou no píer, eram momentos preciosos em que podia observar a tensão exaltada entre os dois, os respingos e gritos, empurrões, bíceps e punhos estrangulados nos corpos que se agarravam e, em seguida, resistiam, numa excitação crescente. Foi num ímpeto de intensa alegria que ele se pôs por detrás do espantalho e o imitou, ao abrir os braços num gesto que pretendia cercar toda a amplitude do lago e trazer para si o esplendor daquele momento inteiramente seu. Em seguida, mergulhou também. A escuridão conspira a favor dos propósitos, ainda que eles sejam fortuitos, causados pelas circunstâncias. Submerso nas turvas águas do lago, ele se viu ancorado e retido por mãos fortes, que giraram seu corpo magro, braços cruzaram pela sua frente e o trouxeram, sentiu as costas de encontro à carne fria e tensa de um dos irmãos. O abraço se completou, a cabeça, enfim, fora d'água, trouxe o ar que lhe faltava e que lhe faltou logo em seguida, ao sentir no pescoço o roçar da barba rala, um fungar quente, um beijo úmido. Suspenso pelo susto e pela descoberta do prazer, o menino soltou o corpo na entrega do que entendeu como sua casa, a habitação de seus sentidos. Quando enfim abriu os olhos, viu na mão que o erguia o dedo quebrado de Davi.

Amanda

Salvou-se de si mesma entre as faíscas e a fúria das espadas de fogo nos festejos de São João.

Durante a tarde, havia acompanhado o pai e os irmãos no preparo dos foguetes de bambus cheios de pólvora e limalha de ferro. Cabia a ela instalar os barbantes que serviriam de pavio e vedá-los com barro. Com tremores de deleite e pavor, encerrava-se nesse afazer, antevendo a excitação, o brilho de milhões de fagulhas, os gritos e a correria do povo a fugir da trajetória enlouquecida e aleatória dos jatos de fogo que simulavam as espadas. Imaginava-se imolada, o terror e o contentamento de ser transpassada pelo fogo, o flagelo que imaginava impor à própria carne para sublimar ardores desconhecidos.

Por vezes, desde menina, vinham a ela essas vontades. No alto da ribeira, ao enxergar lá embaixo a mata verde, um tapete convidativo de folhas, tinha ímpetos de se lançar. Ou, na estrada, se lançar aos redemoinhos de pó e vento. Sentia que o ar e a mata, assim como a água, seriam continentes e calmarias, tal qual serviam aos bichos.

Vivia com uma pressão no peito, sem alívio, mesmo na quietude das tardes quentes, recostada na rede, ouvindo os zumbidos das abelhas rodeando as flores da trepadeira. Aumentava pelas noites. Costumava sair no terreiro quase nua, resfriava os pés descalços na areia, a pele úmida do suor da cama e, ainda assim, todo o espaço escuro e ameno não apaziguava aquela opressão. Temia sua atração pelas facas com que descascava os legumes, pelo tição de acender o fogo, pela fúria do animal arisco que ela caçava no quintal para a refeição do dia. Era difícil resistir ao desejo de se machucar e à serenidade trazida pelo corte, pela queimadura dolorida ou a ferida na mão oferecida ao bicho condenado. O corpo golpeado se alegrava e um respiro intenso lhe chegava em goles de ar fresco, carícia. Deitava-se, então, para um longo sono, desimpedida e livre.

Ao atravessar o rio na manhã antes da festa, tinha sido tomada pela sensação de que bastava se inclinar um pouco no parapeito da ponte para encontrar sossego no fundo esverdeado e quieto do rio. Sabia, porém, que não alcançaria o fundo. Percebia-se tão leve quanto galhos e folhas que flutuavam, viajando num rumo incerto, descontrolado e não escolhido.

Esperou que a família saísse no início da noite. Não pensava em nada ao se preparar para ir à praça, mantinha a cabeça vazia de pensamentos, o corpo sem vibração, como se assim pudesse controlar as tentações de se ferir e então liberar uma angústia sem nome.

Caminhou sozinha e sem pressa, atravessou a ponte e seguiu em direção à praça. Por medo, desviou das avenidas onde os grupos se confrontavam na guerra das espadas de fogo, mas no trajeto, viu-se em meio à desordem tão fascinante quanto perigosa e violenta dos grupos que se enfrentavam, longos braços de fogo lançados para o chão, para o alto, em círculos, corpos em contorções a escapar do fogo, correria. Encolheu-se no vão de uma porta, as costas voltadas para a multidão, mãos no rosto para se proteger da algazarra. Tremia, hesitante entre entrega e fuga. Quanto mais a gritaria aumentava, mais temia se lançar na loucura das espadas de fogo atiradas ao chão que espirravam faíscas para os lados.

    Um corpo se colou ao dela por trás, em posição protetora. Um dos irmãos, seu pai, talvez. Relaxou e suspirou alto. Compreendeu, então, pelo cheiro ácido de tabaco, que se tratava de um desconhecido e isso aguçou seus sentidos. Deslizou para o lado, encarou o homem e afundou em olhos de água doce, facas afiadas vibrando em sua direção, volumes e curvas, uma aflição entre as coxas, espadas de fogo, fagulhas fustigando a pele, suores pegajosos se acumulavam em poças.

    Homem e mulher salvaram-se, apoiados em desassossegos.

2011 |

Querida,

Nem sei se deveria escrever a você, estando cheio de amargura, enlouquecido por uma raiva que nunca suspeitei sentir. Há uma injustiça desmedida na sua partida, na sua doença mortal. Morremos também, Raul e eu.
Eu tinha certeza de que passaríamos a vida juntos. Quem suspeitaria de ardor tão frugal, esse, com que conduzimos o nosso amor? Quem diria, meu bem, quem diria fosse você capaz de permitir a este homem que sou, a condição da delicadeza, ao extrair de mim a sensibilidade que desrespeitei por tanto tempo?
Morri de vergonha, nunca revelei, quando você abriu meu baú de livros. Vergonha, embaraço pela minha estranha solidão, aplacada apenas pela companhia dos autores que amo, páginas, letras, não gente de carne e osso, mas personagens criadas por ilusões de desconhecidos. Não me queixo, entenda, procurei por isso, me sentia bem, amparado por histórias que não escrevi.
Encontrar você, querida, não foi ficção, foi verdade. Um encontro com um fim inesperado e tosco, sem poesia. Desconheço se há uma estética na morte, penso que não. Toda ela é disforme.
Não, nem tente me convencer de que nosso filho Raul preencherá os espaços. Ele e eu teremos outra vida sem você, será diferente, com certeza. Haverá de ser boa, mas levará tempo.
De resto, o que tenho hoje, essa afeição pela terra e pelos bichos, que me trouxe uma ri-

queza inesperada, devo a meu pai, além do pedaço de chão herdado, para o qual eu soube de algum modo dar um sentido prático. Meu irmão Davi certamente tem a mesma índole e teve o mesmo legado da terra, mas se deixou levar por outros amores. Aliás, ele me procurou, fazia tempo que a gente não se falava. Me procurou porque soube de você, da sua doença e morte, de nós, como estamos, Raul e eu. Não avisei ninguém, conforme você queria, ele ligou por intuição. Sempre fomos assim, um adivinhando o outro, dizem que acontece desse jeito com os gêmeos como nós. Percebi que Davi não está bem, mas pelo que me disse, ele está com Heitor. Não sei como fazem, para se entenderem, Heitor e Amanda e a filha deles, Júlia. Será que elas sabem de Davi? Suponho que vivam todos de sobressalto, mas o amor é assim mesmo, feito de sustos.

 Desculpe de novo, estou amargo. Um Amaro definitivamente amargo. Vai levar tempo, amor. Nem sei se vou conseguir, me perdoe.

Do seu,
Amaro.

Davi

cara... sabe o que aconteceu? escrevi um poema pra você e minha mãe viu, sabe aquela porra de mania de professora de ficar de olho na lição da gente?... não, não tinha seu nome, claro, ela pensou que fosse pra uma mina... isso aí, cara, como que ela podia imaginar uma coisa dessa? filho homem com esses amores esquisitos? "que merda é essa, meu filho?" ...lógico que ela não iria dizer "merda", diria "droga", ou "coisa", sei lá, e o engraçado é que não fiquei com vergonha, fiquei com medo... não sei bem do quê, de pensar que tem alguma coisa de errado nisso... mas logo sumiu da minha cabeça... cara, ela riu, não, não riu não, sorriu e me deu um livro de poemas pra ler, "se você gosta, então precisa ler"... pois é, cara, eu disse pra ela "é só brincadeira, mãe, meu irmão é que faz essas coisas de poemas", daí amassei o papel, joguei no lixo bem na frente dela e, cara, nem sei se ela viu que rimei amor com dor

Júlia

sentia que a melhor parte era estar com ele e que a segunda melhor parte acontecia um pouco após se despedirem, quando deixava o apartamento. Ao caminhar, sentia que Raul escorria lentamente de dentro dela. Saboreava a delicadeza daquele instante, como se não tivessem se separado, ele e ela, uma ilha de presença e saudade no meio da multidão que tomava a calçada.

Havia outro momento especial também ao chegar em casa. Sem se trocar, deitava-se e esperava até que a roupa secasse e os cheiros se misturassem, refazendo o percurso do encontro acontecido um pouco antes. Então, tudo começava de novo, um sentir quente, úmido, e ela ia até o fim. Houve uma vez em que lambeu os próprios dedos.

Se o gesto traria algum perigo para sua saúde, isso não entrava em questão, não mais. Havia um trato entre eles, fazia um tempo já. O vírus não impediria o amor.

Vira Raul pela primeira vez no avião. Ele ocupava a poltrona da frente, em diagonal com a dela, e chamou sua atenção ao acariciar o próprio pescoço com o indicador da mão direita. Ela achou aquilo sensual e curioso, um homem grande como ele, ombros largos que invadiam os limites do assento, se deliciando com um afago, o dedo que subia e descia vagarosamente quase sem tocar a pele, a cabeça inclinada para a esquerda como um garotinho.

Raul subitamente se virou para trás e a encarou. Ela ficou tão surpresa de ter sido pega em flagrante que nem desviou o olhar. Ergueu as sobrancelhas, mas se manteve firme, devolvendo o contato.

Ele sorriu, ela também.

Estar com alguém por quem se interessasse trazia a ela grande ansiedade, desde que havia obtido o diagnóstico: era soropositivo. Ao pensar nisso, ficou triste, se virou para a janela e só voltou a notar Raul quando o avião pousou e ele se ofereceu para pegar a bagagem acima das poltronas.

"Posso?"

"Claro, obrigada."

"Não por isso."

O corredor estreito do avião impôs intimidade e os corpos se roçaram, quando Raul indicou que ela seguisse na sua frente. Tempos atrás, ela teria ficado constrangida de exibir a longa cicatriz na perna direita, que subia do tornozelo até alcançar a base do joelho, cruzando a panturrilha. Desde o acidente, na adolescência, preferia usar calças compridas na certeza de que poucos perceberiam o coxear discreto.

O truque havia perdido importância e razão, quando descobriu ser portadora do vírus há cerca de um ano. Já não havia então pudor ou artifícios que contivessem a estranheza e a vergonha do que não estava tão evidente na forma de uma cicatriz rosada, mas traiçoeiramente oculto, fluindo livremente pelo corpo, invadindo os órgãos sem permissão.

Nos últimos tempos, enojada e raivosa, ela havia decidido dominar o vírus, maldito intruso. Atacar para se defender — o clichê cínico se tornou o motivo de exibir todas as cicatrizes, aquela provocada pelo acidente do passado, como as que emergiam dissimuladas, borbulhando dentro dela e ressuscitadas a cada dia ao tomar o coquetel de comprimidos. Estava ávida por se arriscar no improvável, deslizar em ribanceiras imprevistas, se contorcer em tombos inevitáveis. O que teria a perder? O que estaria em jogo senão o presente vivido ao máximo?

Desembarcou com certa pressa. Não gostava de multidões, tinha dificuldade de se localizar e se sentia confusa com muitos estímulos, sons, movimentos. Em ambientes assim, costumava caminhar olhando para o chão, desviando de pés e coisas até chegar onde queria. Detestava ser o centro das atenções e, nos últimos tempos, ficou pior, crescia nela um sentimento de inadequação que a fazia se retrair mais e mais.

Reencontrou Raul na fila do táxi. Havia uma elegância nele, no seu jeito de abordar, que a confortava na sua timidez. Uma gentileza pouco comum transformava aquele homem grande num menino meio envergonhado, de voz grave, fala pouca e mansa, e ela gostou disso. Acabaram dividindo o táxi, iam para o mesmo bairro.

Durante o trajeto, ele a deixou sem graça pela forma com que examinava o seu rosto e sondava suas expressões, como se pretendesse conhecê-la pelo sorriso, a contração dos lábios ou o franzir da testa. Incomodada, virou o rosto para a janela. Distraiu-se, pensando no último evento em que havia trabalhado. A cabine de tradução simultânea era uma casca protetora, conveniente, ainda que estivesse sempre acompanhada por um colega tradutor.

O beija-flor introduz o bico na flor e suga o néctar com a língua 17 mil vezes por minuto. Sem o açúcar do néctar, o beija-flor seria incapaz de executar seu voo parado tão característico, e entraria em colapso.

Ao se lembrar da frase, pensou na sua hesitação em traduzir *hummingbird*: beija-flor ou colibri? Treinada para responder em milésimos de segundos, escolheu beija-flor, mais exata à explicação do cientista, foi o que lhe pareceu. Distraída, olhou seu próprio reflexo na janela do táxi e pensou que da próxima vez traduziria por colibri, palavra curvilínea, suave, quase um sinônimo para delicadeza. Haveria, porém, uma próxima vez? Outra oportunidade em que ela se deparasse com um exemplo de fragilidade e determinação ao mesmo tempo?

...entraria em colapso. A frase ressoava dentro dela.

    Não soube como se despedir de Raul quando chegaram ao hotel onde ela se hospedaria, nem o que dizer ou o que esperar. Confundiu-se com as mãos, mochila, bagagem e, por fim, na calçada, ao ver o carro se afastar, desejou ardentemente que as promessas de novos contatos fossem sérias. Teve uma certeza grave, um peso no peito, de que não seria apenas um encontro com um homem que a atraía, mas o inevitável enfrentamento consigo mesma. Pressentiu que faria confissões, falaria do seu andar manco e da cicatriz, essa que ele já vira, mas principalmente a que recortava seu corpo por dentro e que unia em marcas grosseiras as bordas corroídas da sua vergonha.
    Ao descer para o café no dia seguinte, Raul estava lá. Sorriu, ele também. O táxi havia percorrido apenas alguns metros, parou e ela viu Raul saltar e retirar a bagagem do porta-malas. Não se surpreendeu que ele tivesse escolhido se hospedar ali. Se fosse outro, talvez a assustasse, como um assédio inoportuno, mas com Raul havia um canal de entendimento ainda pouco claro e apesar das muitas indagações, sentiu-se bem.
    Não se demoraram, cada um seguiu para o seu compromisso do dia. Ainda que rápido, o estar com Raul não havia sido à toa, serviu para confirmar que não poderia mais adiar decisões sobre o que vinha evitando até agora: se

defrontar com o desejo e enfrentar a possibilidade da desonra.

Há cerca de um ano, havia perguntado à mãe por que não teria feito de tudo para evitar a transfusão do sangue infectado de Heitor. Não houve resposta e, na verdade, não houve surpresa que assim fosse. Existia uma submissão da mãe em relação ao pai. A rigor, o sentimento era a submissão e não o amor. De uma mudez permanente, sua mãe circulava como uma sombra de entrega e devoção a um marido que se mostrava indiferente.
Soube depois que havia sido uma sentença para ambos. Heitor desconhecia ser soropositivo. O pai, seu grande aliado, havia se tornado salvador e carrasco. Indefeso e adorado traidor.

Faz décadas que se sabe que o beija-flor não suga o néctar com o bico. Ele suga com a língua. Durante o beijo ele estica a língua para fora do bico. Ela toca a gota de néctar escondida no interior da flor.

As frases do orador ainda ecoavam nela. Embora o comum fosse agir automaticamente, sem se dar conta do significado do que traduzia, aquelas palavras, impregnadas de poesia e sensualidade, soaram como anúncio e haviam tocado num ponto sensível. Podia pressentir que Raul viera revelar a poeira suspensa, como a que se enxerga quando um feixe de luz invade uma sala em penumbra: pequenas partículas de pó flutuando no ar. Parte dessa poeira dizia respeito às escolhas das palavras que traduzia. Escolhas reveladoras. Na cabine de tradução o controle é seu. Ainda assim, não estava imune ao perigo de o seu íntimo ser sugado, invadido pelo desejo do outro. O controle estaria então na possibilidade de decidir quando e como se daria. Com quem se daria.

Nos três dias seguintes ao primeiro encontro com Raul ficaram juntos em entendimentos silenciosos, olhares e toques em vez de palavras como era do temperamento de ambos. Foi confortável para ela, no seu jeito arredio, a calma de Raul, sua espera. Na véspera de embarcar de volta, ficou ansiosa por um desfecho. Sem rodeios, se ofereceu a ele, sentiu que podia.

Havia pressa, foi o que compreendeu ao abrir a porta do quarto para Raul. Tinha acabado de sair do banho, a pele fria, o cabelo molhado e o convidou a entrar com um gesto como se esperasse por essa intimidade há muito tempo. Raul ficou de pé por um instante e sem desviar os olhos dela, começou por tirar a jaqueta, desabotoou a camisa. Em seguida, se aproximou, desatou o laço do roupão que ela vestia. Quando se inclinou em sua direção, ela ergueu a mão para impedir que prosseguisse e buscou na bolsa uma camisinha.

"Tome, se proteja de mim", avisou.

Foi ríspida como tinha pensado ser, mas se arrependeu imediatamente, indecisa sobre o que pretendia com aquilo, e até que Raul tivesse alcançado todo a compreensão do que ela havia dito, esperou pela dolorosa possibilidade da recusa.

Sem desviar seus olhos dela, Raul foi calmo no gesto de aceitar o envelope e colocá-lo de lado, intacto. Tomou sua mão e a puxou para a cama, fazendo com que se deitasse. Delicadamente, beijou a base do seu pescoço, desceu com a boca pela linha central dos seios, deixando um rastro de saliva quente na pele eriçada. Ela afastou as pernas aceitando, com sentimentos ainda vagos sobre o que estava acontecendo, até compreender, num assombro, que a intenção de Raul de tocá-la daquele modo iria perverter o que até então lhe parecia proibido.

Surpresa com a própria reação e com o que havia reprimido por tanto tempo, ouviu dele uma confissão tão lacônica quanto exata:

"Fui infectado pelo uso de drogas."

O salto com a égua, a queda, a fratura exposta no tornozelo, a dor excruciante, não passavam de cenas diluídas, lembranças agora resumidas à pele insensível em torno da cicatriz. Só anos depois daquele acidente foi que o medo realmente entrou na sua vida e o fez por portas escancaradas, sem nenhuma possibilidade de recuo, defesa ou fuga. O asco e o horror da revelação criaram um escudo que a defendia de ter que se reconhecer viva.

"Fui infectada pelo sangue", ela disse então.

Não disse, porém, que havia sido pelo sangue do próprio pai. Não estava pronta. Condenada, a sentença não se resumia à aceitação daquela verdade.

Raul

logo você entende que foi um erro aceitar o convite, o sujeito fala sem parar e você fica entediado já nos primeiros minutos, depois, aflito, sufocado e por fim desesperado, enraivecido, sem vislumbrar uma chance sequer de interromper aquele blábláblá insuportável. afinal, que proposta de trabalho valeria aturar esse idiota? qual a razão de você estar ali? a troco de quê aturar um sujeito que é a mais pura arrogância? um cargo de assistente é o que o babaca propõe, a essa altura da sua vida, quem ele pensa que é, o cretino? você divaga, seu pensamento vai longe e resolve deixar o tempo passar e o cara falar sozinho — você está a milhas de distância

    por que voltou, por que não ficou com Júlia? foi tudo tão natural, não demorou pra você perceber que Júlia havia sido um presente a ser desvendado e nem tinha muita certeza se o merecia. aquele primeiro olhar, um relance apenas, foi suficiente pra você, o tom da pele, as manchinhas de sol no colo. depois, quando ela caminhou à sua frente, mancando um pouco, tinha sido fácil adivinhar seu corpo, as curvas sugeridas, o que seria aquela cicatriz? detalhes, os detalhes contam mais que o todo para você, desde

menino era a forma com que você organizava o mundo e se apropriava dele. seus olhos funcionam como lentes: enquadram a cena, buscam a melhor luz, o ângulo mais indicado e só assim você participa, está vivo, sente que pertence ao que acontece ao redor
 então se pergunta neste exato instante por que aguentar a chatice desse bosta a falar dos prêmios que ganhou na tentativa de convencer você, a que mesmo? assistente dele como fotógrafo do filme? não tem noção, o cretinão, vomitando seus feitos como se fosse o único do mundo a ganhar prêmios e tal, o fodão. você perdeu a vontade de falar de você, pra variar, suas premiações, pois é, cara, é isso aí, tenho os meus títulos também, mais importantes que os seus, saca? como dar o fora dali é tudo o que você consegue pensar, se livrar daqueles mil tentáculos que o prendem à cadeira do bar. você olha em volta, não vê nada nem ninguém, o milagre de um conhecido que venha interromper aquela tortura. por fim, entende que a melhor saída é calar e voltar à tarde anterior com Júlia, a despedida, as promessas, o medo do que viria e medo maior ainda do que não viria, do que poderia nunca acontecer afinal
 sua agonia aumenta, agora, já não pelo cara, a quem nem ouve mais, você teme que Júlia possa lhe escapar. lembra que foi atraído pelo seu cabelo preto e liso cortado de forma irregular na altura do queixo, com certeza feito a navalha. o resultado era bom, você reparou, tinha certa estética com o rosto comprido, mas não deixava de ser intrigante aquele corte

uma vez, você picotou o próprio cabelo, foi logo depois que sua mãe morreu e seu pai não passava de uma alma penada a zanzar pela casa. na agonia de agora, no bar, quando você se vê nessa situação ridícula, até ri de pensar que eram duas as almas com que havia tido de lidar naquela época, mãe e pai. a mórbida contabilidade das perdas. a mãe, por razões óbvias, morta que estava, mas, o pai, por que havia desistido? passar a tesoura rente ao couro cabeludo talvez tenha sido o único gesto possível, a cabeça cheia de falhas, a professora a conversar com seu pai, que idade você tinha então, dez, onze anos? depois disso, Mariana veio pra dar um jeito na casa, em vocês dois, sorte sua
    de repente, você acha engraçado pensar que, se Mariana estivesse ali, saberia o que fazer para acabar com a tagarelice pernóstica desse merda. ela, que tinha grandes ideias, quem sabe trouxesse uma mordaça, um pano bem comprido pra você tapar a boca do cretino e torcer por trás do seu pescoço, esmagando-o aos poucos pra torturar o puto, e rir de ver os olhos esbugalharem, a mandíbula fraturada. o falastrão maldito. você encara o sujeito, enxerga seu pescoço esganado, o som maravilhoso dos dentes se esmigalhando uns contra os outros, o uivo da língua amputada pro babaca não infernizar mais ninguém. melhor é se fazer de morto, não se mover, talvez ele se cale se você ficar mudo, não haveria interlocução, então acabaria, fim, sem plateia, sem aplausos pro filho da puta, e você estaria livre, tanto

mais mudo mais livre, tanto mais apático e sorridente mais livre, que se dane... você não sabe dizer por que se encantou com ela, por que se intrigou com o mistério que estaria por detrás daquele estranho penteado que parecia um aviso de perigo! não se aproxime. muitas perguntas você fez pra si antes de se dirigir a ela, e outras tantas quis fazer em seguida, mas não foi preciso. Júlia se abriu com você, verdadeira e direta como se estivesse esperando há muito pelo momento certo. você não se surpreendeu, nem se assustou por ser escolhido, era como se também aguardasse por um contato de franqueza, uma trégua para a existência da lama, do lodo, dos fios negros do cabelo sobre o branco da pia, sorvidos pelo redemoinho do ralo. como de hábito, você não foi a fundo, absorveu, não disse nada, apenas observou para desvendar qual era o chamado. consentiu e se deixou levar por aquela mulher corajosa de cabelos cortados de forma selvagem, um repúdio à conformidade dos dias

2011 |

Querida,

    Deixei de escrever alguns dias, desculpe, mas você deve imaginar que não está sendo nada fácil para mim. Andei pensando e cheguei a uma conclusão perturbadora de que a sua falta faz com que eu sinta falta de mim mesmo. É estranho, me ausento de mim na maior parte do tempo. Eu sei que Raul se ressente disso. Não tenho forças, me pesa o braço que deveria se erguer para o afago. Viver me pesa, a leveza da vida era você. Restou a aspereza da solidão, o descontinuar das coisas suspensas.
    Quero que você saiba que entendi o seu desespero e respeito sua decisão por não querer prosseguir com o tratamento, mas no princípio tive muita raiva, desculpe por falar assim. Não sei em que limbo você está, se há alguma condescendência com as pessoas que, como você, apelam ao alívio pela morte e apostam numa possível mansidão depois dela. É legítimo, saiba que compreendo isso mais do que ninguém, eu, que acompanhei seu sofrimento.
    Entendo, repito, porque você desistiu de mim, do nosso filho, sei bem da agonia infinita que a atormentava por não ter causa ou razão e diante da qual não viu saída. Aceito que tenha sucumbido à devastadora consciência de que não havia propriamente um inimigo que você pudesse combater e contar minimamente com uma chance de vencer, a ponto de, exausta, você tenha dito a si mesma: não quero mais.

Entendo e respeito, mas enlouqueço. Ontem, eu estava na cozinha e vi Raul sentado na cerca do curral dos carneiros. Você sabe como ele fica atento aos movimentos dos animais. Era cedo ainda, o ar úmido e o sol muito inclinado criavam manchas vagas sobre o telhado da construção e eu só conseguia enxergar sua silhueta. Fiquei um tempo ali na cozinha observando, até que ele desceu da cerca e foi caminhando em direção ao galinheiro. Sua sombra longa, em diagonal, fazia com que ele parecesse maior do que seus onze anos. Dei graças porque ele parecia ter superado pelo menos o primeiro golpe. Criança se adapta mais facilmente, ainda que seja a perda da mãe. Nós adultos estamos cheios de entraves, vivemos entre muros e não sabemos como fazer para pular por cima deles, buscar outros quintais. As crianças têm mais facilidade, parece.

Falando nisso, fui chamado na escola. Autoflagelo, me explicaram, porque o menino picotou o cabelo com uma tesoura, a cabeça ficou cheia de falhas. Para falar a verdade, achei um exagero essa coisa de autoflagelo, mas foi meio vexatório, tive de admitir que não havia achado nada demais. O menino está bravo, confuso, quer chamar a atenção. Me aconselharam, a professora dele e a diretora da escola, a arrumar alguém para ajudar em casa, cuidar dele.

Não pareceu má ideia ter um traço feminino por perto. Ambos estamos submersos numa torrente, uma correnteza forte empurrando nós

dois para o fundo e para longe. Ainda não descobrimos como alcançar a margem. Por enquanto, fazemos o possível para chegar à superfície e respirar um pouco, ainda que seja um fôlego curto que nos leve à próxima curva, à outra onda poderosa. Sobrevivemos com pequenos goles de ar.
 Então, depois de tantos anos, telefonei para a Amanda, o número ainda era o mesmo. Não me ocorreu mais ninguém, nem mesmo aqui na cidade. Sei lá, parece coisa das origens da gente. Amanda foi gentil, sabia sobre você, claro, ficou de perguntar à Dandinha (lembra dela?) se teria alguém para indicar. Tomara que dê certo, porque será bom ter uma pessoa que ponha ordem na casa. Na semana passada, tentei arrumar as suas coisas, abri o armário, mas só de olhar os vestidos pendurados me senti mal, precisei desistir.
 Buscar ajuda já é um avanço, você não acha?
 Fiquei bem depois que conversei com Amanda. Ela nos chamou, Raul e eu, para passar uns dias com eles, mas fico sem graça, nunca mais nos vimos desde que mudamos para cá, o pequeno nem havia nascido.
 Foi a única pessoa com quem me ocorreu falar. Pedi a ela que a Dandinha buscasse alguém alegre, que converse com o menino. Ela me falou da prima, Mariana. Vamos ver como as coisas se darão com ela por aqui. Espero que dê tudo certo, principalmente pelo nosso menino.

Ele anda muito sozinho, eu sei. Mas eu também ando.
Fico bem melhor quando escrevo a você.

Do seu,
Amaro.

Davi

de onde você tirou isso de que não vai dar, Heitor? sabe o que penso? que você é um filhinho de papai do caralho, marica é o que você é, mas não porque você dá o cu, é porque você não quer dar por medo do que vão falar, e isso, cara, esse é o seu tesão, dar o cu escondido... essa história de herança... assumir a fazenda? e daí? vai esperar teu pai morrer pra você ser o que você é? tua mãe morrer? até lá, é você quem pode estar morto, eu posso estar morto... olha, quer saber? enfia esse tal papel de macho no cu... você quer parecer o bonzinho, o certinho, enfia tudo no cu da moral, da herança, da tal sociedade, da puta que te pariu...

Amanda

Sentia-se bem no território das coisas fluidas. Era líquida. Assumia a forma do que a continha. Conformava-se. Insípida, nem doce, nem sal. Evaporava na aridez dos dias brilhantes e quentes, ressequia. Caudalosa nas tormentas, transbordava para dentro.

Demorou a sair da cama naquela manhã, ficou ali, desfeita, preguiçosa, enquanto a casa se movia nas tarefas sob as ordens de Dandinha, até que ouviu o piso da varanda ranger com os passos de alguém. Heitor? Seria Heitor, tão cedo na manhã?

Afastou os lençóis, o mosquiteiro que envolvia a cama, foi até a janela e olhou entre as venezianas. Voltou para a cama e cobriu sua nudez com o lençol. Não queria que Heitor a visse exposta, sem defesas. Ainda que ela confessasse, cheia de certeza e verdade, ele jamais saberia ou entenderia o quanto a perturbava com sua presença — e com sua ausência em igual medida.

Esperou que ele entrasse no quarto, o coração disparado, como da primeira vez, num junho tão distante, quando ele a pressionou contra uma parede. Mas ele não veio, não imediatamente. Amanda se sentou na beirada da cama, ouvindo o que conversavam, Dandinha e Heitor. Esperou. Decidiu se arrumar um pouco, numa pressa súbita. Correu até o espelho, prendeu os cabelos com uma fita, foi rápida ao enfiar pela cabeça o vestido pendurado no cabide da parede. Na bacia sobre a cômoda, entornou a jarra de água onde boiavam alguns ramos de hortelã, lavou o rosto, esfregou a planta nos dentes a tempo de Heitor abrir a porta sem bater.

Ele nem entrou, sequer chegou perto dela para um afago ligeiro, apenas avisou que sairia novamente, não ficaria para o almoço, precisava fazer uma visita à madeireira, acertar uns negócios.

Há dias de chuva e meia luz que dão vontade de espichar o pescoço sobre o muro para enxergar os mistérios por trás dele. Há dias de oráculos que profetizam sonhos, cujos muros são tão inatingíveis, que não há como enxergar do outro lado. E há dias de nada, como aquele dia em que Heitor abriu a porta do quarto sem aviso — foi apenas mais um, como muitos, dia de nada.

Depois que o marido saiu, ela se preparou para o ritual da sua frustração. Na cozinha, aceitou o suco que Dandinha ofereceu e pediu que arreassem a égua. Decidida, com gestos firmes, sob o olhar de censura e de pena da criada, montou no animal e seguiu na trilha que levava ao lago, água doce, transparente, brotando de si mesma. Como ela.

Contornou a margem, alcançou o córrego que se despejava ali. Desceu da égua, pisou na água fria, tirou a roupa enquanto avançava pelo leito do riacho até chegar ao olho d'água — seu segredo. Nua, se pôs de joelhos em reverência e bênção e enterrou os dedos no piso arenoso, inebriada mais uma vez com aquele milagre da água que brotava em borbulhas, projetando pequeninos e perfeitos círculos na areia. Soltou os cabelos, índia Iara mãe de todas as águas, deitou-se sobre o solo úmido com seu feitiço de noiva, pernas abertas para receber a água virgem e se deixou deflorar.

Heitor

Houve um tempo de planícies, após encontrar Amanda numa esquina escura naquela noite de São João. O abismo começou a ser cavado aos poucos, talvez passado um ano do casamento, um pouco mais, um pouco menos. De início, só uma vala, do tipo que se pula num salto e está de novo em segurança do outro lado, pés secos e limpos. Pouco a pouco, a distância cresceu não só entre eles, mas também em relação àquela calmaria que, por um tempo, havia compensado as dores de cada um. O consolo se transformou em vazio, o vazio em angústia e em novos tormentos, e a crença de que o casamento poderia ser refúgio, numa mentira perigosa de falsas possibilidades, desmoronou.

Por vezes, foi possível construir pontes sobre o precipício e chegar na outra margem são e salvo. Amanda era então capaz de preencher o vazio até o ponto de apaziguar a saudade que Heitor sentia de Davi — sua verdade escondida — de quem a existência dela o protegia. Não passava, entretanto, de um gesto vago, como quem acaricia o dorso do cão deitado ao lado, sem nem se dar conta do que faz. A paz efêmera se esvaía em pouco tempo, semanas, não mais que isso, quando um novo abismo era criado, mais fundo e mais largo do que o anterior, as pontes entre as bordas ficando cada vez mais extensas e arriscadas até que ficou impossível e inútil tentar construí-las.

O desespero o levara até Amanda na festa das espadas de fogo, como alguém que se afoga e reconhece com os pés a areia no fundo, e lança--se para cima em busca de ar. Desespero, desejo e a ingenuidade dos 20 anos, que acaba por virar maldição ou paraíso, dependendo sobretudo da sorte. O ato desesperado impede escolhas, vale apenas o impulso e se alguém declara o contrário, que tudo foi pensado, está mentindo.

Na guerra das espadas de fogo, onde os homens se exaltam em seus suores e gestos, Davi e Heitor se confrontaram também com seus desejos reprimidos. Incitaram-se, perderam-se, foram levados por outros. Qualquer passo provocado pela zanga cega do ciúme é risco pouco calculado.

Amanda preencheu esse vácuo, foi alívio e perda naquela noite, alvo de mira descuidada, e, nos anos que se seguiram, ele não soube como lidar com apelos diversos: lealdade a quem? a Amanda ou a Davi? ou a ele mesmo? Temia os olhares, a reprovação, mas era atraído pelo subterfúgio, esconder era mais fácil. De algum modo, sentia que a reclusão protegia Davi dos outros e a si mesmo, e, dessa forma, podiam viver livremente o seu amor. O segredo é solidez para os amantes.

Tudo foi mais difícil do que imaginara. Amanda não era um objeto, uma janela que se pode fechar em razão da chuva ou do vento, uma valise que se carrega de um lado para outro. Ele admitia que, com seus cabelos negros e lisos de índia, a placidez misteriosa, Amanda o aproximava ainda mais de Davi: enxergava nela um espectro feminino que rondava seu desejo por ele. Mas era penoso estar com ela, verdadeira e lealmente estar com ela, sua mulher.

O nascimento de Júlia inaugurou o atordoamento. Até então, nunca havia suposto o amor em formas tão diferentes e proporções tão semelhantes. Júlia e Davi o conduziam ao inesperado da entrega, cada um extraía dele os seus mais íntimos e plenos impulsos. Ter a filha nos braços, acompanhar seu crescimento, fazer dela sua companheira preencheu os espaços, tanto quanto, aos poucos, o liberou para Davi, porque o tornou inteiro. E o afastou de Amanda com gradativa profundidade, até que um fosso fizesse deles nada além de dois estranhos.

Amanda havia sido, sim, alívio e escudo.

Quanto a Davi, Heitor jamais duvidara da completude, da vigilância cuidadosa de um com o outro. Além disso, não poderia supor a intensidade do ódio que viu nos olhos negros e amendoados do amante na noite de São João — ambos ardidos de desejo, o clamor pela exclusividade e, por fim, raiva e loucura.

Também nunca suspeitara, desde o encontro no píer, embora sendo apenas um menino.

Se alguém perguntasse, não conseguiria dizer, depois daquele último mergulho, em qual penumbra haveria de ter se confundido com Davi, transformados em mescla um do outro, se na escuridão das águas ou na profundidade de sua pupila negra, onde se vira refletido no momento em que, deitados lado a lado na margem arenosa, teria virado o rosto e surpreendido o olhar de Davi sobre ele, suas pálpebras semicerradas pelo peso dos cílios ainda molhados. Perdeu-se ali, amorosamente, sem saber ainda que seria para sempre — e que seu destino, de algum modo, incluiria a traição a duas mulheres.

1989

Nos anos seguintes ao verão do espantalho, Heitor e Davi se encontravam à noite no píer. As garças haviam se acostumado a fazer os ninhos nas margens do lago e o píer limpo de esterco e insetos era só deles. Em noites quentes e claras, mergulhavam, descobriam-se.

O administrador havia saído com um dos gêmeos, Amaro, em busca de Heitor, por ordem do patrão, descontente com o sumiço do filho já noite avançada. Amaro sugeriu que fossem ao píer, ele podia estar pescando com seu irmão, Davi. O administrador os achou.

A surpresa de Amaro foi pela confirmação — então é assim, o desejo, o amor?

Numa desordem entre entendimento e pavor, tentou conter a fúria do pai que, em meio à raiva e ao desespero, olhou para os filhos gêmeos, tão semelhantes em tudo e, alucinado, supôs que havia gerado dois pervertidos. Passou a esmurrar a esmo, um e outro, a cinta estalava no ar. As cicatrizes marcaram as costas de Davi, mas não era possível surrar o filho do patrão. Heitor fugiu cheio de pavor — do agora e do depois.

O pai arrastou Davi para casa, socando-o a cada passo, Amaro recolheu as roupas, correu atrás, chega, pai, gritava.

Nos dias que se seguiram, era impossível olhar para a mulher, encarar os outros. Humilhado, amaldiçoado por si mesmo, escondeu o que descobriu sobre o filho, mas não pôde esconder seu tormento. Deixou de comer e falava apenas o necessário. A cada dia, a tensão aumentava na família, um fio imperceptível, mas firme. A mulher desentendida e Davi numa mudez desafiante.

Amaro esperou pelo pai no curral, numa manhã bem cedo, cheio de ânsia por consolar. Viu-o de longe apear o cavalo, costas curvadas, o pescoço pendente a arrastar o corpo. Viram-se frente a frente, Amaro segurou-o pelos ombros e apenas disse: meu pai. Só fez amparar o seu choro. A vergonha do administrador foi maior que a dúvida sobre o que fazer. Em poucos dias pediu as contas. Arranjou-se na cidade com a mulher e Amaro até que arrendou umas terras bem longe da fazenda. Escondeu-se, mas não deteve Davi na sua rebeldia de homem acostumado aos ritos do mato, à ânsia dos animais em seu instinto e destino.

Davi aguardou pela calma do tempo, depois enfrentou os limites e avançou. Heitor recuou no medo. Os boatos haviam chegado à fazenda, era preciso trapacear.

Salvou-se na festa de São João, a guerra das espadas de fogo.

Davi

o que deu em você? o que deu em nós?... a gente ficou maluco, cara, entrou numas, sei lá, de se provocar, pra quê? pra que, caralho?... fumei, fumei, sim, você me acusa, e você tá certo, nem posso dizer que não... mas, você reconhece que foi por isso e por mais nada, aquele cara não era ninguém, nada, só aconteceu, ele me puxou pelo braço, me agarrou... tá, eu tava louco, aquela zona, fogo espirrando pra todo lado, a gente dando pinote pra fugir das faíscas, mas foi só isso, cara, um amasso, uma agarração, e você sumiu naquela confusão, porra, a gente tava tão bem, feliz, tão a fim da gente, que merda foi aquela?... porra, deu no que deu, droga, e agora tô aqui na pior, um fodido, na merda, sabendo de você pelos outros, sabendo pelos outros do seu casamento... o que você queria, Heitor? fico emparedado, exilado da sua vida, que porra, Heitor

Davi

     você é um fraco, Heitor, é que nem um pau mole, só serve pro mijo

2012

Querida,

A casa entrou num grande silêncio depois que você se foi. Ficou insuportável ouvir sons que não fossem os seus: aquele seu andar de arrastar a sandália, os movimentos na cozinha, choque de talheres e de louças na pia, você cantarolando baixinho. Nossos discos, então, nunca mais. Sobram os zumbidos macios dos bichos, da bomba d'água, do esguicho da irrigação. Barulhos dos dias e das noites. Confortam, sim, pela permanência, a constância, mas não pelo conforto de outros sons, os que vinham de você, de nós, dos detalhes da nossa convivência.

De vez quando, eu ouço Raul dando risadas, vou atrás e vejo que ele está brincando com o cachorro, correndo pelo pátio, jogando bola com o bicho. Sei que isso é bom pra ele, mas me incomoda e saio de perto.

É que o meu coração não aguenta a alegria, não é esquisito? Parece que sem você me dói mais do que me encantam as pequenas delicadezas das coisas em volta de mim, o clarão da madrugada virando manhã ou o espanto de ver os primeiros brotos da plantação de milho. A beleza, desfrutávamos juntos, você e eu. Se não existe mais você, o belo nasce corrompido. Então dói. Fujo, você me entende? Aceita que eu preciso dar um tempo e não olhar para nada e ninguém? Me perdoa por isso, por preferir o silêncio dentro e fora de mim.

É sobre isso que eu quero te falar hoje. Lembra daquela moça que contei na carta passada, Mariana, que tem algum parentesco com a Dandinha? Já contei, não é, que Dandinha continua na casa da Amanda e do Heitor? Foi uma sorte, porque ela mandou a Mariana, uma prima dela. Desde que Mariana chegou, o menino está melhor, eu acho, com um brilho nos olhos. Tem feito bem a ele ter uma aliada. Até então, mesmo juntos, estávamos muito sós, cada um no seu canto, como se o fato de um se aproximar do outro pudesse destampar uma caixa qualquer de lembranças que ainda não nos permitimos ter e com isso romper uma espécie de equilíbrio que conquistamos.

Então, querida, acontece que Mariana inventa. Inventou de mudar as coisas. Já mudou, te digo, e quer mais. Eu entendo e sei que você aprovaria. É pelo menino. Ainda bem que tenho que falar pouco com ela, me guardo. É cheia de iniciativa e sabe dessas coisas de casa, mas já percebeu o meu jeito, me deixa quieto no meu canto com os meus livros, são eles que carregam para longe as dores. Às vezes adormeço na poltrona mesmo, os óculos e o livro no colo, o café velho e rançoso na mesinha. Tenho um grande cansaço, qualquer movimento me esgota. Se fico na poltrona a noite toda, de manhã cedo Mariana me acorda, já vem com uma xícara fumegando, cheirosa. Não faz diferença pra mim, mas não quero ser rude com ela e agradeço. E é só isso, não dá pra sorrir, como se faz quando alguém é gentil com a gente. Você mesma dizia (lembra?), que eu era descombinado? Um homem tão grande, as mãos enormes, a pele grossa (que dava cócegas nas suas costas), como podia ser tão delicado comigo, dizia você, tão manso no falar e fazer as coisas, não era isso que você dizia? Quando te conheci, quase não me continha na vontade de te abraçar, mas tinha muito medo de te quebrar ao meio, acredita? Daí foi você que me abraçou primeiro, não foi? Meu Deus, que contentamento, que felicidade você me deu naquela hora, meu bem. Depois disso, foi tudo tão fácil como se a gente tivesse estado junto a vida toda. Talvez por isso eu tenha uma sensação de que nosso casamento foi tão longo. Na verdade, ele foi curtíssimo.

Bem, estou saindo do assunto. O caso é que Mariana inventou que o menino precisa de um violão, sei lá, viu nele um entusiasmo qualquer. Só que sou indiferente, não sinto nada nem sei dizer nada sobre as decisões que ela toma a respeito do menino, é horrível confessar. Pareço de gelo por dentro, uma marionete que Mariana pode levar do jeito que quiser para um lado, para outro. É uma boa pessoa, não me sinto ameaçado de modo algum, tenho mesmo vontade de me entregar assim. No outro dia, não é que ela conseguiu até cortar o meu cabelo? Tem um jeitinho, a danada. Ela me viu sair do banho e foi se achegando, me pegou pelos ombros, fez com que me sentasse e, sem que eu percebesse, toda aquela cabeleira já estava no chão.

Esperta, a Mariana, percebeu que a minha cabeça está oca, meu corpo se movimenta porque conhece o jeito que deve ser o trato das coisas aqui na fazenda e que faço sem pensar o que sou obrigado a fazer todos os dias. Então ela me empurra — seu Amaro, já foi ver a caixa d'água? E lá vou eu ver a caixa d'água. Seu Amaro isso, seu Amaro aquilo. É assim, tem sido assim.

O que eu quero que você saiba, e que fique tranquila, é que estou achando ótimo ter Mariana por perto, ela e suas invencionices e seus cuidados com o menino. É que agora tem essa história do violão pra ele aprender a tocar. Não sou contra, me entenda, por favor. Mas, querida, o que eu faço quando a música romper o silêncio da casa? Estou apavorado.

Do seu,
Amaro.

Raul

em algum momento, o mundo visto da varanda de casa lhe pareceu muito estreito e você tomou a decisão de ir embora. para sua surpresa, ao anunciar a Amaro o que faria, pela primeira vez em muitos anos você viu seu pai sorrir, um sorriso mais olhos que boca, ainda que tenha sido uma reação breve, quase imperceptível. com o olhar fotográfico, você registrou e entendeu aquele esgar sutil do sorriso de seu pai como um consentimento alegre. também saí de casa um dia, disse Amaro, todos precisamos sair da casa onde nascemos, seja de que forma for. Mariana não reagiu muito bem e era de se esperar, mas tratou de fazer um inventário das suas roupas e uma lista do que precisava ser comprado. na hora de sair, você olhou para a bagagem empilhada na porta, a bolsa da máquina, a caixa do violão e imaginou que, no fim, precisava de muito pouco para romper com o que ligava você àquele lugar de perda. você estava mesmo convencido, mas, naquela altura, ainda não tinha ideia de que não se abandonam as perdas em lugar nenhum, nem em tempo algum. não há cordão que seja possível romper com as perdas que representam os fundamentos de quem você é.

a mudança não trouxe alívio, logo você descobriu. da janela do apartamento naquela avenida movimentada, o mundo continuou estreito para você, claustrofóbico até. sair à rua e fotografar trazia algum fôlego — apenas isso atenuava a sensação de aperto: o seu olhar sobre outras dores, focar na solidão das esquinas, no asfalto rachado por uso ou descaso, na confusão dos fios entre os postes. você via uma estética naqueles exageros desregrados, no que parecia desmedido ou fora do lugar. o que levou você a buscar a beleza nas coisas tristes? o que levou você a provar dos excessos como aqueles que via?

Amanda

De tão rústica era bela, tinha o piso e as paredes de madeira acinzentada pela maresia, portas e venezianas de um azul leve. De longe, quase não era possível distingui-la da mata, nenhum vizinho à vista. Pareceu a ela que a casa era gente, tinha vida. Trancada, dava a impressão de estar adormecida.

Enquanto Heitor subia a escadinha da varanda, ela circundou a casa, como um animal que não se atreve a avançar sem antes reconhecer o lugar pelo faro. Ficou parada um tempo nos fundos olhando o varal, dois fios de arame paralelos e vazios, e imaginou que nunca tinha visto nada tão solitário.

Venha, venha ver, é sua — Heitor a chamou e passou a abrir porta atrás de porta, indo de um aposento a outro, como se tivesse uma missão da qual quisesse se ver livre quanto antes. Ainda incrédula de que aquele espaço pertencia também a ela, entrou na casa desconfiada, pisando manso.

Nossa casa, pensou, mas nada disse. Confusa, assim que Heitor saiu e a deixou sozinha, voltou à varanda e se encolheu na escada de madeira que dava para o jardim. Uma vasta área com tufos de grama sobre a areia, arbustos de hibisco e coqueiros e à frente, o mar, todo brilho e brancura das ondas.

Tremia de espanto e exultação, sorveu o ar feito de muitos aromas e barulhos e se sentiu atordoada. Amou aquele momento como nunca outro, antes ou depois. Aos poucos afrouxou a tensão e liberou o corpo: rolou pelo piso, alisou as tábuas, se estendeu de bruços, o rosto colado ao chão. Já tranquila, pôde ouvir o vento e as ondas ressoando na madeira feito um chamado. Sem pressa e sem tempo caminhou até a beira da água. Não fez movimento algum, deixou que o mar se aproximasse, lambendo seus pés devagar, enterrando-os um pouco mais a cada vez que as ondas se aproximavam, afundando-os como raízes daquele pedaço de terra que era seu.

Por fim, desencavou os pés, avançou na água e mergulhou muitas vezes. Submersa, desfrutou do marulho acima dela, do silêncio ao redor. Saiu do mar toda sal e água, o vestido leve colado ao corpo. Percorreu o caminho de volta com firmeza, entrou na sala, visitou cada cômodo, deixando rastros de areia por onde ia, abriu todas as portas e janelas, como a escancarar olhos e bocas, puxou o vestido pela cabeça e, nua, se entregou à casa.

Heitor vinha de madrugada, às vezes cheirando à bebida, outras, ao azedo de homem no cio. Ela lhe tirava a roupa e os sapatos, e se enroscava nele na cama. Não havia palavras, mas não sentia falta delas, preferia o contato da pele,

o soar da respiração curta. Também preferia os gestos bruscos, os braços fortes de Heitor prendendo os seus, seu peso sobre ela numa raiva contida. Pela manhã, tinha os mamilos arranhados e a boca dolorida. Seu primeiro gesto ao se virar na cama era conter com as mãos o sexo ardido. Reconhecia, então, cada pequeno desconforto no seu corpo e com isso se acalmava, vazia de medos e angústias. Voltava a dormir.
Com dia claro ia ao mar, aos mergulhos da aurora, como dizia Heitor com jeito de zombaria. Ela gostava quando ele saía depois do café: a casa, então, era só dela. Levava os dias fazendo pequenos enfeites com as coisas que o mar trazia à beira da água e enfeitava a varanda. À tarde, se deitava na rede e adormecia ao som dos colares de conchas que pendurava na varanda para ornar a casa.
Tá prenha, a menina. Foi Dandinha quem notou, depois de uns alguns dias que Heitor a trouxe para ajudar no serviço da casa. *E muito magrinha* — completou, ao servir o café da manhã.
Com seu faro de bicho, ela já sabia, mas não havia adiantado suas suspeitas a ele. Temia que Heitor se assustasse e sumisse. Desde a chegada de Dandinha, vinha acontecendo de ele dormir fora algumas vezes, como se tivesse trazido Dandinha para se afastar de casa.
Manteve os olhos baixos, acanhada, os de Heitor, intrigados, estavam fixos nela. Houve um longo silêncio rompido apenas pelos movi-

mentos de Dandinha a tirar a mesa da refeição terminada. Até que Heitor se levantou e, de pé, por detrás da sua mulher, pôs as mãos em seus ombros e pediu:

— Cuide dela, Dandinha.

Retornou em dois dias com a notícia de que havia comprado uma madeireira.

— Fica um pouco longe, umas duas horas daqui, explicou Heitor — mas foi um bom negócio, o futuro do nosso filho.

Nosso filho, futuro. Agarrou-se àquelas palavras e pela primeira vez acariciou a barriga. Ficou na rede bem quieta, aguardando pela chuva que o vento anunciara.

Conceber afastou Heitor definitivamente da sua cama.

Vai ao mar, mergulha, é sonho e silêncio, seu corpo é leve, é nada, é água.

Como de costume, Dandinha foi encontrá--la na beira do mar. Estava de cócoras, o ventre acomodado entre as coxas e o olhar distante. Do seu corpo vazava um líquido que sumia na areia e se confundia com a água salgada.

Com muita calma, Dandinha a ergueu — *venha, menina, está na hora.* Caminhando, foram sem pressa até a casa. Deu-lhe um banho morno e a pôs na cama, buscou Heitor pelo rádio e avisou que o parto não demoraria muito, e que ele trouxesse a doutora o mais rápido possível. Chamou o menino que olhava a criação no quintal e mandou que trouxesse a prima Mariana o mais rápido possível. Antes mesmo que Heitor chegasse, ambas colheram Júlia dentre as pernas da mãe.

— Parabéns, temos aqui uma parideira — disse a médica, sem saber que anunciava a falta, não a abundância.

Seu corpo é água. Vem para o mar.

Algo não ia bem, Dandinha avisou Heitor. Já tinha visto coisa igual, a mãe distraída nos pensamentos sem olhar para o bebê. Vinha acontecendo nos últimos dias, Dandinha ouvia o choro insistente de Júlia e a encontrava no colo da mãe, enquanto o leite, que borbulhava do seu peito, caía no corpinho miúdo. Dandinha punha então a menina para sugar e só assim a mãe, como se acordasse de um sono profundo, alheia e confusa, amamentava a filha. Parecia retornar de algum lugar distante e ver a si mesma numa situação que não compreendia. Depois, punha a criança no ombro para os arrotos do leite e se deixava ficar assim por tanto tempo, até que Júlia reclamava e Dandinha ia pegá-la para trocar a fralda.

Uma moça da vila que havia tido criança foi chamada para alimentar Júlia. Já não havia mais leite e, por um tempo, nem colo, nem afagos ou cuidados.

Heitor passou a dormir em casa todos os dias e a ficar mais tempo. Agradou-o ser pai, os risos de Júlia iluminaram seus dias. Aos poucos, sua mulher retomou o senso de existência. Voltou aos mergulhos no mar pela manhã bem cedo, como num batismo, e aos passeios a cavalo até o lago e à nascente, nos momentos em que parecia mais atormentada. Devagar, ela foi se reaproximando da vida, acompanhava com sorrisos os encontros entre pai e filha, deitava-se na rede com a menina e alisava seu cabelo. Tão calada como antes, mais fantasma do que nunca.

Ao mar, vem, é silêncio.

Davi

cara, meu, para com isso, chega de choramingar, me cansei de te falar que é melhor isso mesmo, vai cuidar da tua vida, me deixa, porra, me esquece... é que ando muito louco, Heitor, com gente que você não ia curtir, me metendo numas coisas que você não ia gostar nem um pouco... ah, nem adianta falar nisso, aliás, me faz esse favor, não venha, não quero você no meio disso tudo, é nojento onde tenho andado... porra, não é sua culpa, entenda isso porque entendo assim... você fez uma escolha, Heitor, a melhor, quero dizer, fiquei mal, cara, quase morri, porque sempre te tive, nos tivemos, você e eu, desde que você era um garotinho feioso e magro, osso, só osso, seus olhos azuis como dois planetas me perseguindo, transformando tudo o que via.

2008 |

Querida,

Raul se despediu hoje cedo. Mariana e eu o levamos até a rodoviária. Quis parecer corajoso, manteve aquela altivez de quem pretende ser solene para não fraquejar. Você conhece o temperamento reservado de Raul, que sempre entendi como uma forma de não se mostrar incerto. Talvez por isso escolheu se despedir de nós dois com um abraço único, um de cada lado do seu peito largo, como se assim estivesse contendo o que poderia transbordar. Um abraço de reentrâncias, não firme e confiante de ir embora, deu pra sentir. Eu sei que você diria que isso é natural nessas circunstâncias.

E lá foi ele com sua mala, o violão, as duas máquinas fotográficas, uma delas é digital, acho que não te contei ainda. É prática, não precisa de filme. Você gostaria disso, se divertiria. Por mim, sinto falta do jeito que fazíamos quando tínhamos que mandar revelar o filme. Imagine, revelar, havia alguma coisa de mágico nisso. Agora é imediato, se vê as fotos na tela da própria máquina. Já não há aquela surpresa de recuperar o instante que se foi.

Bem, são os novos tempos, querida, um tempo que será o de Raul e da profissão que ele escolheu. Quando eu não existir mais, o arrendamento das nossas terras será mais que suficiente para que ele se sustente e à sua família, pois haverá de ter uma, assim espero. Já cuidei dessa passagem, não se preocupe.

O ônibus começou a se movimentar e Raul nos olhou da janela, pôs a mão espalmada no vidro, num adeus fixo. Naquele exato momento, não aparentou seus 20 anos, mas cinco ou seis. Lembrei de repente de uma tarde em que estávamos no carro e ele, intrigado, perguntou como seria possível seguir em frente se a Terra era redonda. Na tentativa de explicar, fiz a maior confusão, e você salvou tudo com sua habitual presença de espírito, dando a resposta certa para uma criança daquela idade. Nem lembro o que foi, confesso, só prestei atenção naquele seu jeito de acertar os desacertos.
    Hoje vejo que, de alguma maneira, a estranheza de Raul era minha também. Àquela altura, eu ainda não havia entendido que a vida é declive, um plano inclinado sempre para baixo, entrecortado por patamares aqui e ali que só existem para nos confortar com a ilusão de horizontes. Como você chamaria esses patamares, esperança?
    Mariana se debulhou em lágrimas depois que Raul partiu. Chorou o dia inteiro. Ela continuará morando comigo, mas a liberei para outras tarefas, o que quiser fazer, as coisas da igreja, as aulas de costura, tem o próprio automóvel, pode circular com facilidade. Eu sei que essa solução é do seu agrado, você não gostaria que eu vivesse sozinho aqui na fazenda. Mas não me sinto solitário, acredite. Tenho os meus livros e as minhas palavras. Contentam-me.

Nosso menino também ficará bem. Se sentir estrangeiro faz às vezes de catapulta na condição de alguém se tornar adulto, ainda que o possa lançar demasiado longe. Vai se virar sozinho e será bom para ele. Só não terá Mariana, porque a mim, desde que você se foi, ele nunca teve.

Do seu,
Amaro.

Marta

Na tarde quente, anda pela calçada, tirando proveito das sombras das casas e das árvores, quando sente, pela primeira vez, que há um filho nas suas entranhas a se mover e se acomodar. Uma consciência física de que existia um alguém, e que esse alguém não só existia como estava aparentemente disposto a se apoderar do espaço destinado a ele.

A sensação a confunde, não se parece com chutes, como descreviam os livros e revistas que passou a ler sobre gestação e maternidade, mas lembra o burburinho característico da digestão. Isso dilui o romantismo do momento e desperta dúvidas. Seria mesmo a criança?

A rua deserta é um incentivo para que ela escolha se sentar ali mesmo no meio-fio por um instante, num lugar sombreado. Quer ter certeza, aguardar outros sinais e entender as respostas do seu próprio corpo àquele corpo que se movimenta dentro dela. Mesmo assim, leva um susto ao sentir novamente os rápidos solavancos no ventre e ri, e não se importa com o que vão pensar dela, ali acocorada na guia, uma mulher adulta e grávida a rir sem pudores. Ri e chora.

Leva Raul pela mão para o primeiro dia do menino na escola e está tensa. Percebe os dedinhos muito magros e teme esmagá-los se a pressão for um pouco mais forte. Quer reter aquele momento antes de entregá-lo ao mundo, o momento sem volta, quando o repartirá com estranhos, estranhos que dividirão a atenção de Raul até agora dedicada a ela, só a ela. Amaro, às vezes, reclama, vai mimar o menino, avisa. Ela pensa: que seja.

Há algo mais, ela suspeita, não apenas o ciúme, mas uma recusa de vê-lo crescer, alcançar outros espaços — não serão todas as mães assim? Não sei das outras, comigo é assim, admite, e tenta se perdoar.

Está desatenta. Vê que estão atrasados e avisa Raul de que devem andar mais depressa. Há um atropelo nos passos e nos pensamentos, sua mão espreme os dedos miúdos, o menino reclama, ela se desculpa, a buzina, o sobressalto, o tropeço, a queda, joelho esfolado, pulso torcido, pronto-socorro.

Em casa, ela se ocupa com o curativo de Raul usando a mão livre, tem a outra presa numa tala, o braço acomodado numa tipoia. Arde muito, ele choraminga, ela também, magoada com o próprio descuido.

Por algumas horas preciosas, seus temores se dissiparam: o primeiro dia de aula seria o segundo.

Vê Raul do portão da escola: suas perninhas magras, camiseta vermelha e short azul-

-marinho, arrastando a lancheira como se fosse a coleira de um cão estimado. No percurso de talvez uns vinte metros, ele olha para trás, para ela, duas ou três vezes. Ela acena e sorri, ergue as sobrancelhas para que ele entenda que vá, siga, seu caminho é esse, apartado de mim.

Há uma amabilidade confusa da moça que cuida do portão e que avisa: vai fechar, voltem no final do turno. Ela está fora, na rua, o que lhe diz tudo, seu universo não é o dele, seu filho. Recosta no muro, algumas mães estão ali com ela. O grupo se dispersa, o portão cerrado, a rua vazia, ela desliza pelo muro, está de cócoras, chorando, é coisa louca essa, ela não se entende, mas sente. Revê o momento em que, há cinco anos, se viu sentada no meio fio de uma calçada, tentando decifrar os movimentos do filho que continha. Não, ela não contém Raul. Ela é, e sempre será contida por ele.

Davi

como me sinto? por que você me força a dizer o que não quero? não quero que você escute, e eu mesmo não quero ouvir o que sinto, porque não são coisas pra sentir, mas pra esconder, fingir. no fim, diz respeito a mim e não a você. suas escolhas são suas, não importa se estou mal ou bem... sabe, essa vida não foi feita para nós dois juntos, Heitor. somos um engano, pervertidos, depravados, uns putos, não é isso que dizem da gente? quem diz, Heitor, nunca amou ninguém, nunca se entregou, desconhece a loucura, nunca se atreveu ou experimentou o salto, o abismo.

Amanda

Num cantinho do quarto, ela guarda seus segredos: promessas que não cumpriu, olhares que não deveriam ser dirigidos a ninguém, louvores a deuses renegados, atos impensados, gestos sem brilho. Convivem bem, desde que se mantenham no cantinho destinado a eles no seu quarto. Alguns a assustam, então é preciso ficarem distantes. Já outros, a envergonham, portanto, é melhor não se confrontar com eles. Os mais temidos são os que lhe dão prazer. São dolorosos porque não se tornam verdade e, por causa deles, ela teme virar um segredo também. É impossível dizer quem é refém de quem. Por um longo tempo, acreditou que o comando era dela, que os criava e tinha o controle sobre eles. No momento, não está bem certa. Aqueles que a aprisionam de verdade são os que não são dela e, se eles a têm agora, é porque os mantiveram, assim, secretos.

Heitor e Davi. Heitor, Davi e ela.

Foi depois que soube que Júlia teria um filho de Raul, sobrinho de Davi, nesses entendimentos que não se concebem pela lógica, mas pelo mistério. O filho de sua filha, um anjo de resistência, mais do que de anunciação. Ficou farta disso, de guardar segredos, afinal, apesar do que ela havia escondido tão bem, numa vigilância bem-intencionada, a vida seguiu sem empecilhos.

Cresceu um movimento nela, um sentido de insurgência contra os segredos que a consumiam demasiadamente na tentativa de controlá-los. Temia que invertessem posições e quisessem tomar todo o seu quarto, sobrando para ela apenas aquele cantinho onde os confinava. Amava estar naquela casa instalada entre o mar — que enxergava ainda da cama, assim que abria os olhos pelas manhãs — e o lago, onde se afogava e renascia. Vizinha da água, estava bem e, ainda assim, durante tantos anos, tinha se recusado a viver intensamente aquele desfrute, apenas resvalara em seus prazeres sem nunca permitir que se infiltrassem inteiramente nela. Seria mais um ato de penitência, como queimar ou esfolar a pele para amansar seus temores indecifráveis? Não sabia dizer.

O casamento com Heitor a tinha afastado do fio da faca, da brasa com que chamuscava a pele. Não havia tido mais necessidade disso, os amantes Heitor e Davi seriam feridas expostas, as mais doloridas que podia infligir a si mesma, vagava, mais que existia.

Quando a viu arejar o quarto, como não fazia há muito tempo, Dandinha se assustou, mas percebeu que não deveria intervir. Dandinha, que a amava e compreendia em que sentimentos se apoiava aquele estranho casamento dela e Heitor, podia supor, mas não podia dizer com certeza, como se expressa a mágoa da fêmea rejeitada. Difícil reconhecer os gestos sutis que a escondiam, apenas acompanhar aquele olhar absorto com que a dor se lançava. Às vezes, era apenas um sussurro, mesmo quando deveria ter sido um grito, como ela própria, Dandinha teria emitido. Não houve gritos, porém, só os segredos e seus silêncios.

Voltou aos seus afazeres atenta aos movimentos que vinham do quarto e esperou.

Abriu as duas janelas e as duas portas, as que levam para a varanda e as que dão para o corredor da casa. Formou-se uma corrente de ar que levantou o cortinado da cama, os panos em volteios livres, e o quarto ficou muito claro. Tirou os lençóis e fronhas, escancarou o armário e o deixou assim, para varrer o cheiro de mofo das coisas esquecidas, quase mortas.

Mas não olhou para o cantinho onde estavam os seus segredos, desviou dele como sempre fez. Se antes os havia evitado, não tinha motivos para confrontá-los agora, já que havia declarado que não faziam mais sentido. Ficou de pé no meio quarto, sorveu o cheiro da maresia que vinha com o vento, sentiu a areia beliscando a pele, ouviu o arrulhar das folhas secas no assoalho. Teve uma compreensão plena, solene, de que o mundo invadia o quarto, o mundo de que havia se poupado em virtude do peso dos seus segredos.

Não foi preciso que Heitor confessasse. É provável que, desde sempre, muito antes de vê-los juntos, Heitor e Davi, ela havia adivinhado a cumplicidade que existia entre os dois. Não, não cumplicidade, mais do que isso, muito mais, amor mesmo, entrega, devoção. Ela compreendeu que não era vítima nem testemunha, mas parte de uma trama que construiu para si mesma e que fizera de Heitor o tição da sua pele queimada.

Querida

As notícias não são boas. Telefonaram ontem, Raul foi internado. Não entendi muita coisa, fiquei perturbado com o que disseram. Drogas, como assim? Raul nem fumava quando saiu de casa há quase três anos.
Não sei o que é isso, meu amor. Conheço outros vícios e nunca me pareceu que eles fossem tão influentes na minha vida a ponto de me levarem à loucura, como, aparentemente, aconteceu com Raul. Gosto de pensar que a minha loucura, se existiu, foi você e que o meu vício são as palavras, que ouço, leio ou escrevo. Ainda que por causa disso eu tenha me tornado impenetrável em muitos momentos, criando distâncias de quem eu amava, do mundo real.
Sempre tive a certeza de que você compreendia essa irrecusável experiência de afrontar meus tormentos e medos através das palavras. Mas nosso Raul, me diga, querida, que caminho foi esse que ele escolheu para ser visitado por seus demônios? Também fiz essa pergunta nos piores momentos da sua doença, querida, sobre os males que atormentavam você e contra os quais me via inapelavelmente entregue. Agora, eu teria que enfrentar novamente um hospital, aqueles corredores assépticos, as portas alinhadas numa enganosa lógica de que tudo está certo e as coisas correrão bem para todos. Um blefe, muitas vezes, como se deu conosco.

Enfim, quando chegamos ao pronto-socorro ainda era bem cedo. Sim, Mariana quis vir comigo a São Paulo, você achou que poderia ser diferente? Por nada ela ficaria longe de Raul nessa hora. Além disso, Mariana veio dirigindo o carro, disse que eu não estava em condições, mas é claro que ela também não estava. Minha aflição era enorme, a viagem parecia não ter fim, não porque fosse interminável, mas porque me lembrava das idas ao hospital quando a doente era você e aquela espera terrível entre a aflição e a esperança. Mas tivemos que aguardar um bom tempo antes de estar com Raul, preencher papéis, essas coisas, foi um amigo que o levou ao hospital.

Entrei em desespero quando o vi. O rosto escurecido pela barba de alguns dias, os olhos fundos, muito magro, fraco, tão fraco e triste, ah, querida, foi tão duro vê-lo assim. Voltei no tempo, à minha fadiga em resistir e ter que reconhecer, tão desesperadamente, que a doença não desistia de você e nos desgastava com perspectivas improváveis. Todos choramos, até mesmo Raul, que sempre foi tão reservado, chorou na frente de quem estava na enfermaria.

Novamente o enxerguei menino, desorientado e sozinho, e o abracei como pude, ele ali deitado, conectado ao soro. Mariana foi obrigada a me desembaraçar dele e eu resisti, assim como fazia com a enfermeira que vinha me desvencilhar de você nas despedidas difíceis e noites infindáveis das suas internações.

Saiba, querida, que, ao ver nosso filho devastado por uma ferida tão profunda que eu desconhecia, o meu amor por ele foi o de sempre: um sentir calmo, sem tensões, explosões ou eloquências. Um amor que não se expressa necessariamente em grandes gestos, mas sim em atitudes fortes. Naquele abraço, o nosso menino me teve, como há tempos não acontecia. Os meus braços queriam retê-lo comigo, como, um dia, foi com você e dos abraços, nunca quis me apartar.

Decidimos, então, que Mariana volta para casa de ônibus e eu fico em São Paulo com Raul para encaminhar o seu tratamento. Ele está disposto a se internar numa clínica, quer isso, me assegurou. Não se preocupe, farei de tudo pelo nosso menino, para resgatá-lo da minha ausência de tantos anos.

Eu sei, andei pensando muito, fui ausente, sim, mas, mesmo no tempo em que estava com você e imerso em nós dois, eu me esquecia dele. E quando, em busca da minha mais íntima mansidão, me sentava à mesa para escrever, me esquecia de você também. Não sei se tive tempo de confessar a minha gratidão por isso... você entendia, eu sei, lia nos seus olhos. Ah, estou tão confuso, os pensamentos em níveis diversos, desculpe, desculpe por essa carta, a notícia difícil de dar, fiquei embaralhado com lembranças tão doídas que divaguei, criei histórias, você sabe como faço, como sou. Há uma tontura em mim, cambaleio por dentro e já não encontro refúgio nas palavras, não há suficiência nelas que me escore nesse corredor estreito e escuro onde nos encontramos, Raul e eu. Há de ter um fim, contemos com isso. Adeus querida, todo o meu amor a você e prometo que terei melhores notícias da próxima vez.

Do seu, sempre,
Amaro.

Raul

    você se desespera, mas não quer que Júlia perceba. talvez não seja possível, talvez você não devesse fingir que está tudo bem quando não está, você sabe que não está, ela também sabe, principalmente ela, uma guerreira da sua própria causa que são exatamente você e o filho que programaram ter.
    estão indo para o hospital, há pressa, a bolsa estourou e não poderia ter acontecido, e você se agarra ao volante do carro porque não há propriamente onde se agarrar para se sentir salvo. pela primeira vez se arrepende — não, não é bem assim, você se culpa, a culpa precede o arrependimento, e o que você sente agora é uma compressão no peito, o peso da verdade, a de que poderia ter evitado tudo aquilo
    você se agarra ao volante do carro e é menino tomado por uma sensação remota e confusa de que a alheação da sua mãe, o seu andar distraído, o desinteresse por tudo e por todos, se deviam a você, você que não se tornou alegria suficiente para ela e foi mau no seu egoísmo de não querer compartilhá-la com ninguém, com seu pai ou com a possibilidade de um irmão. e aí está você, culpado por sua mãe ter adoecido de tris-

teza a ponto de desistir, e agora, que sua vontade prevaleceu sobre o risco de ter um filho, apesar das circunstâncias em que envolveu sua mulher

Júlia se mexe ao seu lado, você afaga sua coxa nua. Ela torce o vestido em agonia, se agarra ao tecido, assim como você se agarra ao volante do carro. de onde está, você não consegue ver a cicatriz na perna da sua mulher, mas pode adivinhar, apostar, que o rosa pálido foi substituído por um tom avermelhado, como acontece nos momentos de tensão, alegria, quando Júlia ri, chora ou goza. Esse detalhe não lhe escapou, nenhum detalhe de Júlia lhe escapa

então, agora, você não tem ideia se é homem prestes a se tornar pai ou se menino perdidamente órfão de mãe. você se confunde com seu filho, se sente esmagado pela certeza da culpa e aumenta a pressão sobre o volante, tudo o que você tem agora é esse volante e o seu carro, você é o carro, bólido na madrugada, sua mãe agoniza, garoto, você entende, você vai se tornar pai, o Amaro do seu filho, Amaro vivo, não o fantasma que ele foi. você descobrirá o que é ser Amaro, pai, marido, amante perdido, entregue. você não quer, não lhe cabe, você é outro, o homem da sua mulher, o pai de seu filho e o filho de ambos. o garoto terá células de Júlia, moléculas de vida que são suas, de sua mãe, de Amaro, dos pais de Júlia que você nem conhece. essa constatação embaralha seus pensamentos e, sem querer, você desacelera o carro. Júlia quase grita e pede que você vá mais rápido, mas, em seguida, ela pede que você reduza a velocidade e os solavancos são mais intensos. dói mais, ela diz. Júlia geme, chora, a bolsa rota. meu Deus, está errado, o que deu errado? você não responde, não sabe o que dizer, ela nem espera que você diga coisa alguma, isso é uma aclamação de desespero e inconformismo. ela fez tudo certo, foi cuidadosa com os remédios, alimentação e exercícios. na noite chuvosa, o para-brisa embaça e as luzes amareladas dos postes ofuscam

  menino que era, você não entendeu assim, nem podia suspeitar, é claro, na sua inocência de filho, que todo o fervor de Amaro, sua constante vigilância, que tudo o mais que se fizesse não teria sido possível salvar sua mãe. vigiar, cuidar, amar, enfim, nada é suficiente, é o que você pensa agora quando olha Júlia de relance ao seu lado gemendo, o corpo num arco retesado, as mãos torcendo o vestido, como amarras que seguram um navio atracado, seu filho em contorções dentro dela, os gemidos de Júlia e você está certo de que há culpa. a culpa está em você

Davi

é tragédia, Heitor, a maior de todas... que espécie de monstros somos nós? Júlia, uma criança, e a gente... a gente e o acidente, meu sangue com o seu, e o seu sangue nas veias dela... nunca tivemos uma cena realmente feliz, tivemos, Heitor? somos personagens de tragédias, você, eu, Amanda, agora Júlia... cenas felizes são rasas, óbvias, pequenas demais para o tamanho das nossas coisas, mas as tragédias, Heitor, elas têm camadas duras, subterrâneas e frias... estamos todos soterrados... meu Deus... olha só, eu, Heitor, falando em Deus... Deus, a quem maldisse muitas vezes, suplico por Júlia... nosso pecado não foi o nosso amor, Heitor, foi corromper Júlia

Júlia

sentada na poltrona, exausta, acalanta o bebê e a si mesma com *Berceuse*, Chopin, que toca na sala, estica as pernas e, com os pés embala a criança no berço. *Qual criança?* A que chora, se molha, arrota? Ou a outra? A que está sentada na poltrona ou a que esperneia e grita de uma urgência sem nome, em desalinho com as horas, com o tempo que não aguarda começos, apenas um fim, um arremate, uma conclusão, apenas uma, que a afastasse da aflição.

Tem câimbras, continua a empurrar o berço com o pé direito, enquanto puxa a perna esquerda para si, que dobra e a aperta em direção ao peito. Quer comprimir o coração, toma o próprio pulso, *100, muito rápido é preciso desacelerar, pôr no ritmo, acalmar* — abaixa a cabeça e contrai os olhos. É inútil, o palpitar que atinge a garganta não vai embora, estica o braço e alcança o copo de água sobre a mesinha em frente, bebe um pouco — *prender a respiração* uma, duas vezes, repete e repete *a palpitação não cede* levanta o pescoço e vê que a criança no berço dorme, ressona e dá suspiros curtos de quando em quando. Ela retira o pé bem devagar e traz também a perna direita para junto do corpo, fica imóvel bem quieta, exausta — cansada dos embalos que não recebeu de Amanda, dos seus seios que não sugou, das fraldas molhadas que não lhe foram trocadas. Aperta os joelhos contra o tronco, enfia a cabeça entre eles e fica um tempo até que se ergue devagar. Está descalça, seu andar é silencioso, contorna o berço, estica uma coberta sobre o corpinho tão entregue, sai do quarto e entra na quietude do resto da casa, na sua imobilidade e solidão. O coração acelerado, chega à cozinha *onde está?* Busca o remédio na gaveta, o comprimido branco e amargo raspa na garganta, cuida para que os movimentos sejam silenciosos, para não acordar a criança. Ela se apoia na bancada da pia, inclina a cabeça e espera que o coração volte a bater no ritmo normal. *É cedo, não fez efeito,* sente-se mal, ouve um choro, retorna ao quarto desanimada, esgotada e vê que a criança dorme, mas há sim um choro melancólico, dolorido, *deve ser no vizinho, talvez no andar de cima.* Toma o pulso, *90 ainda,* olha a criança novamente e se assegura. *Está tranquila,* vai para o quarto e se deita encolhida, *80,* o silêncio é denso, *não fosse esse quase lamento* uma queixa sentida que soa baixinho sem interrupção, parece ser do apartamento ao lado, *70,* está melhor aliviada, se entrega ao esgotamento. Com o peito apaziguado *posso dormir um pouco agora.*

 Desperta com um choro alto, claro, vivo, senta-se na cama. Os seios intumescidos latejam, há duas manchas úmidas na sua blusa. Confere o pulso antes de se levantar, está *bem* e vai até o outro quarto. Curva-se sobre o berço, a criança sorri quando a vê e agarra com as mãozinhas a mamadeira já pronta. Ela se afasta e segue para a cozinha, a bomba de sucção está sobre a pia. Tira a blusa e o sutiã e, em pé, ordenha as mamas, primeiro uma e depois a outra. Enche um copo, lava a bomba e volta a se vestir. Retorna ao quarto do bebê com o copo de leite, faz um afago na criança que está alerta e agita braços e pernas, arrulha e brinca com a espuminha de saliva e leite que circunda os lábios. Os olhos grandes e bem abertos acompanham a mãe. Ela senta-se na poltrona e bebe o leite em pequenos goles.

Raul

um prato com migalhas de pão, a caneca de louça branca escurecida pelo café ressecado, uma mancha ainda úmida na toalha colorida que cobria a mesa — tudo isso pareceria habitual e corriqueiro, não fosse pelo amarfanhado do tecido, denotando susto, pânico ou raiva. apoiado na porta da cozinha, com a mochila na mão resvalando no piso, você olhou a cena e compreendeu que o susto, o pânico e a raiva estavam em você. um grande cansaço tomou conta do seu corpo depois da longa viagem, do sono perdido e de toda a aflição. você continuou ali, de pé e indeciso sobre o próximo passo.

um gato surgiu na janela e sem se constranger com sua presença, caminhou lentamente pela pia lotada de tudo — talheres, cestas, potes, restos de comida. nada o apeteceu, apenas se deitou ali mesmo num canto onde a pia fazia uma curva em ângulo reto, tendo acima, um armário, com as portas escancaradas. você fez um esforço para dar um sentido ao que via. imaginou que tudo havia acontecido rápido demais, pegando seu pai de surpresa. ainda apoiado na porta, esfregou os olhos e, embora estivesse há muitas horas sem comer, sentia-se estranhamente enfastiado, como se os últimos acontecimentos o tivessem saciado de muitas formas.

por fim, ele saiu dali, foi até a sala, jogou a mochila numa poltrona e se deitou no sofá. sentiu o aroma antigo de flores secas, perfumes que se foram há muito tempo, mas que persistiam, tanto quanto as lembranças. aquele cheiro conhecido impregnava a casa, exalando da madeira do assoalho, do reboco das paredes, das cortinas, estofados, tapetes, uma combinação de fumo, pó, terra molhada, couro e pelo de animais. o cheiro de Amaro.

ao perder sua mãe, não pôde mais desvendar seu pai. Amaro se resguardou na própria dor, sem se dar conta de que, ao seu lado, havia você, um filho igualmente magoado. observar o pai no campo apenas de calção, as botas enterradas na lama, a barriga volumosa e os longos cabelos engordurados, você enxergava um anti-herói, um homem das cavernas, rústico, calado e intransponível.

nos primeiros dias, depois da morte da mãe, você tentou buscar por ela na poltrona da sala, na cozinha em frente ao fogão, na horta ou no jardim, mantendo com ela conversas mudas, entrecortadas e, ao fim, frustrantes. eram, porém, os únicos elos possíveis de afeto. para sobreviver, enterrou-se no sítio, recusando-se a se desligar daquele pai raivoso e amortecido, e abandonar o que restava ainda de sinais da mãe morta: o sabonete na pia, sua caneca de chá, o aroma de lavanda nas gavetas.

Amaro o ignorava e ignorou a si mesmo em troca de espiá-lo de longe para acompanhar seus passos, numa confusão de raiva e medo. durante os primeiros dias e semanas, vizinhos trouxeram mantimentos e comida, insistiam para que o menino voltasse às aulas. logo ficou claro que pai e filho precisavam de ajuda.

contratada para cuidar da casa, Mariana trouxe um conforto silencioso, mas firme. sem invadir espaços, se inseriu no cotidiano de pai e filho de forma obstinada e pacienciosa e começou um lento trabalho de desenraizar você para levá-lo ao mundo. passou a chegar bem cedo e a ir com você à escola. às vezes, ia buscá-lo também, com a desculpa de que precisava de ajuda nas compras. para incentivá-lo a sair de casa, convenceu Amaro a comprar uma bicicleta, depois um violão e se encarregou das aulas, surpreendendo você com mais essa habilidade. foi quem percebeu o seu gosto especial por observar cenas. por causa de Mariana, você ganhou sua primeira máquina fotográfica.

conversavam pouco, tocavam-se menos ainda, um curativo no joelho, uma farpa no dedo. acontecia de você adormecer ao deitar a cabeça no colo de Mariana, quando ela lhe catava piolhos. havia ternura nesses toques, tão sutis quanto a íntima confiança que se estabeleceu entre vocês. com seu pai cada vez mais recluso, Mariana e você se tornaram cúmplices nas pequenas e grandes decisões, desde o cardápio do dia, até a sua ida para estudar na capital.

ao receber a notícia do que acontecera naquela manhã, você viajou o dia inteiro, chegou à cidade no final da tarde e foi direto ao hospital. Mariana estava deitada na maca e Amaro sentado num canto. caiu no chão de repente, disse ele, como se falasse consigo mesmo. não tive tempo de segurá-la e bateu a cabeça. como ela está agora? um derrame, muito forte, disseram os médicos.

você segurou na mão calosa de Mariana e sentiu o conforto de sempre, embora já estivesse fria. acariciou seu braço escuro, percebeu alguns fios brancos no cabelo encaracolado e espantou-se por nem sequer saber a sua idade. beijou seu rosto pela primeira vez e imaginou se um dia poderia amar alguém como amava Mariana naquele instante.

após providenciar as despesas para o enterro, junto à irmã Dandinha, e às sobrinhas de Mariana, foi para casa, seguindo de carro atrás da caminhonete do pai. Só então chorou e, exausto, adormeceu no sofá entre os cheiros da sua vida.

na manhã do dia seguinte, encontrou a cozinha em ordem, pão e café frescos. pela janela, viu Amaro próximo ao galinheiro, observou seu andar lento e os contornos do seu corpo mais magro, que se confundiam com as cercas, os bichos e o descolorido do capim. Sentiu uma imensa saudade daquele pai que perdera há anos.

foi rápido nos preparativos para partir. nada mais havia ali que fizesse você ficar ou que tivesse algum sentido. avisou que tinha um compromisso, deu um abraço no pai, e, ao sair para aeroporto no carro alugado, prolongou o adeus, vendo pelo retrovisor sua imagem ficar cada vez menor, mais longe. antes de atravessar o portão, ainda pôde enxergar o gato, atento e vigilante na janela da cozinha.

Amaro estava calmo, na convicção das partidas, todas as que levaram consigo partes dele, como Marta, Mariana e agora você, seu último pedaço. o primeiro já havia se ido há tempos, o irmão, Davi, seu espelho, seu outro eu, cuspido e escarrado, não fosse o dedo partido.

Davi

não se espante com a doença, estive doente toda a vida, não é de agora... há algum tempo, adoeci de uma febre que leva o seu nome, mas foi o que escolhi... entenda, a vida não está me deixando, eu que estou abandonando a vida... fui um pedaço de fruta caído na calçada, que aos poucos se tornou cinza e colou na sola do sapato... cansei, sinto que a vida não me merece, Heitor, fui leal, franco e até cruel comigo mesmo, mas vivi... vivi demais e a vida, no entanto, ficou me devendo... se cuide, amor, você está bem e ficará bem, Júlia precisa de você, Amanda também, essa tal vida da qual desisti está nelas, nas coisas não perecíveis e nem tão frágeis, e em você...

Amanda

Com as chuvas das semanas anteriores, um lamaçal havia se criado no pé da escada que dava para o jardim. Anos atrás, ela plantara ali um canteiro, margeando a trilha que levava ao mar. A água empoçada empurrou a terra úmida do canteiro por sobre a areia, e a lama formada se secou com o sol dos últimos dias, cobrindo a trilha. Visto da varanda, o caminho não passava de uma crosta estranha, um relevo amarelado com estrias como as costas de um lagarto. Aquilo lhe causava muita aflição, evitava olhar, lembrava carne putrefata, mistura de pedras, galhos, folhas. Restos.

Para evitar a varanda, passou a atravessar a sala, sair pela porta dos fundos e contornar a casa para chegar à praia. Foi assim naquela manhã. Da janela da cozinha, viu Heitor e Davi sentados na mureta que cercava a horta. Estavam de costas para ela e com as cabeças inclinadas para frente, Heitor com o braço na cintura de Davi. Seus ombros tremiam, choravam. Ela recuou.

Teve um enjoo súbito, uma tontura, e se apoiou na pia. Sentiu raiva e pena dela mesma, do marido e de seu amante, da tragédia que causaram à filha, das dores insuportáveis da traição e da doença que transformara a vida de ambas. Foi tomada de grande tristeza por tudo, por todos eles e pelo adeus que via tão claramente. Heitor e Davi tinham pouco tempo.

Negou-se a testemunhar aquela intimidade, uma ternura que não era para ela, não queria ver. Voltou à sala e andou até a varanda decidida a enfrentar a lama ressecada, não havia outro caminho que a levasse ao mar. Com cuidado, pisou na crosta e, surpresa, descobriu sua maciez, desfazia-se sob o peso dos seus passos. Riu, estava assustada com o que não conhecia e seu coração se encheu de alegria. Desfez-se das roupas e correu em direção ao mar, massageando os pés na lama seca, porosa, e na areia que se seguia à trilha.

Mergulhos eram lapsos, como fendas no tempo, quando não se é nada, nada se sente, só leveza. A dor? Ah, a dor persiste, mergulhar é um gole apenas, o momento único como um golpe de sorte, é preciso romper a água salgada, submergir, emergir.

Traga Davi, Heitor, vamos cuidar dele — o convite foi feito por ela mesma e surpreendeu-a. Dandinha arrumou o quarto, Heitor alugou uma cama alta, que puseram de frente para a porta da varanda para que Davi pudesse enxergar o mar. Revezavam-se à noite, em madrugadas de perguntas e de arrependimentos, os corações assustados por revelações. Viu-se a acalentar Davi como não lhe foi possível acalentar sua própria filha Júlia, num tempo em que estava desentendida de si.

Souberam do nascimento de Gabriel no tempo em que estiveram todos juntos, numa estranha ligação de sangue entre eles. Brindaram, celebraram a saúde do menino, festejaram os encontros transversos da vida, Júlia e Raul, Amaro, Davi e Heitor, ela.

Foram três semanas e, então, Davi se foi.

Davi

ah, meu amor, será que você entende o que fez comigo quando entrou por aquela porta? por Deus que fiquei suspenso, tudo aqui dentro virou muito, as paredes gigantescas, a claridade do quarto num esplendor, eu mesmo imenso e quanto mais tudo transbordava, crescia em mim uma sensação de leveza no peito que nunca senti, com sabor e cheiro de alegria... não tinha ideia? mas foi, amor, seu rosto, ah, seu rosto tantas vezes desenhado nas lembranças, queria trazê-lo para mim com minhas mãos quase mortas, queria torná-lo inteiro e meu, como sempre foi... não, não fiquei bem depois que você se foi, me envergonhei logo em seguida, o meu desmazelo, essa doença maldita, por isso implorei que você fosse embora... não havia o que fazer, cruzei os braços sobre os olhos feito criança que se esconde, sabe? pensando que ninguém a vê e estremece de agonia e excitação esperando ser descoberta — chamam isso de felicidade, agora sei... será que você entende o que fez comigo quando entrou por aquela porta, Heitor?... vi seu rosto como se fosse por meio de um vidro partido devido às lágrimas, mas era só isso que eu queria, tocar nesse rosto, a vertigem, o desejo, os dedos claudicantes, teu cheiro, teu sorriso... obrigado, amor, por vir me ver

2019 |

Raul

a morte deixa sequelas nos vivos. é como uma parte amputada que se nega a deixar de existir e por isso engana e insiste, criando pruridos e dores para não ser esquecida. em vão. tudo o que você sabe é que não pode mais contar com ela, é a sua parte fantasma.

no seu caso, não foram membros, mãos, pés ou braços. esses, você os mantém mais vivos do que nunca e são o que você usa no justo instante em que caminha na calçada ao voltar para casa.

do mesmo jeito que, muito menino ainda, lhe amputaram o coração, arrebataram-no e nunca mais lhe foi devolvido. o que você teria feito depois do que aconteceu que não fosse exatamente o que fez: esquecer?

então resolveu que não contaria mais com o que chamam de memória, que não haveria lembranças e nem sonhos na sua mente, nem passado e nem futuro. o que acontecesse no dia seguinte seria uma decorrência natural das escolhas feitas na véspera, nada mais. dessa forma, você lavaria as mãos na condução do próprio destino. que se dane.

mas não considerou que esquecer pudesse ser o mesmo que perdoar e que talvez essa fosse a única possibilidade, ainda que relativa, de pacificação.

enquanto caminha de volta para casa, você, agora um adulto, reconhece o esquecimento como estratégia, embora tenha dúvidas se, durante todo esse tempo, ela tenha de fato dado certo ou se não passou de uma enganação. autoenganação. afinal, todo mundo sobrevive às tragédias de um modo ou de outro e não seria diferente com você.

o fato desconcertante é que, depois de tantos anos, você se veja obrigado a rever tudo.

é bem verdade que àquela altura, sendo apenas um menino, teria bem pouco o que pudesse fazer. ninguém o havia alertado do que aconteceria. não da forma com que tudo se deu. na sua sutileza, o pensamento fantástico da criança que você era advertia, de alguma forma, que o desfecho seria desastroso. mas o fazia com a mansidão dos entendimentos que são destinados apenas aos inocentes.

e então, sua mãe está morta, lhe contaram um dia ao chegar em casa. a agonia da doença que de algum modo organizara o cotidiano da sua vida de menino não existiria mais, como também não existiriam a vontade que o erguia da cama como esperança todas as manhãs, o balbuciar das despedidas quando você saía para a escola, o sussurro de um olá na chegada para o almoço, o cheiro de éter, do azedo das roupas de cama, da camisola dela empapada de suor. tudo o que preencheu e compôs sua vida desapareceu de uma hora para outra, arrebatando cada molécula de ar que pudesse inflar seus pulmões, irrigar suas veias e bombear sangue para seu corpo de criança. sua mãe estava morta sem que tivesse havido despedidas ou promessas de que a dor, o vazio e o espanto de se sentir sozinho, tudo isso passaria, confie. não, não confie. vire-se. levado para vê-la, não reconheceu a pele fria de cera do que havia sido o rosto de sua mãe. o inesperado horror dessa estranheza apagou todas as suas lembranças. sua infância sumiu.

você está surpreso com o que sente nesse momento em que volta do trabalho para casa porque não compreende muito bem o sentimento que o assalta, mas é capaz de perceber com clareza que, a cada passo, reata uma a uma as partes amputadas do si mesmo que haviam se desprendido de você há tantos anos.

sabe que, ao chegar em casa, se deparará com possibilidades. talvez encontre sua mulher na poltrona com o filho de vocês no colo, adormecidos, saciados da entrega. pode ser que estejam na cama larga, desfeita, enrodilhados um no outro, como se a criança ainda habitasse o ventre da mãe.

você chega, abre a porta do apartamento e eles estão lá. sua mulher e seu filho, alertas entre sorrisos e choros, aguardando a sua chegada e haverá um abraço, e você os estreitará e implorará aos céus a sua memória de volta.

Tive o batismo dos deuses em um lago e experimentei todos os amores: Davi, você, Júlia. Marquei cada um deles com um selo de maldição — e os fiz morrer de algum modo, me deixei morrer um pouco também, travei embates nos encontros, feito vampiro que enfeitiça o sangue roubado.

Talvez eu não deva amar a pequena criatura nascida de Júlia, ilesa do meu mal. Não a conhecerei, mas a protejo com meu afastamento, pois temo do que sou capaz de provocar de ruim nas pessoas que supostamente amo.

Estarei por perto, mas peço que não me procurem. Viverei como se já estivesse morto. Gurgel, o encarregado da madeireira, vai procurar você para acertar detalhes, confie, e enquanto eu viver nada faltará a você, Dandinha, Júlia e ao nosso neto. No futuro, entregarei tudo a quem permanecer, designado em testamento, legítima e devidamente registrado: as fazendas, os animais e a roça de eucaliptos, os apartamentos na capital, a madeireira, contas bancárias e aplicações financeiras.

Eu mesmo já me entreguei há muito tempo e a um só, Davi, naquela tarde no lago, quando eu não passava de um menino embevecido por sua beleza máscula, uma entrega cuja dimensão eu não compreendia.

Sabe o cemitério onde nós o enterramos? Está sendo invadido pelo mar, pouco a pouco as sepulturas vão ficando submersas. Estarei por perto quando acontecer com a dele. E então, o

mar será para mim um espaço diferente do que sempre foi.
Amanda, quis amá-la desde sempre. Sua pele morena, seus cabelos lisos e negros. Mas eu já havia sido batizado e estava irremediavelmente perdido na pele morena, nos cabelos negros e lisos de Davi.
Somos ilhas, Amanda, você, eu, Júlia, todos em volta de nós. Dependemos de algo mais do que vontade para alcançar uns aos outros. Acredito que seja impossível descobrir o que é, pelo menos para mim, nem sei se quero.
Não espero a proteção dos deuses, que me condenaram há muito, mas peço, sim, a você e a Júlia: me perdoem.

Heitor

Amanda e Dandinha tinham arrumado o quarto ocupado por Davi e recolhido os seus pertences, sem se decidirem sobre o destino a dar a eles. Heitor havia desaparecido por uns dias, mas Amanda não estranhou, entendeu que se retirara envergonhado pelo tamanho de sua dor, como fazem os animais feridos ou que estão à morte. O silêncio e a ausência doíam nela também. Contava, entretanto, que ele voltasse, queria que ele voltasse, embora não tenha sido de todo uma surpresa a visita do desconhecido.

O homem havia chegado pela estrada lateral da casa, estacionou o carro e buscou a entrada, indo se deparar com a varanda colorida e enfeitada por adornos que pendiam do teto, em todo o seu contorno. Não avançou. Dandinha percebeu sua hesitação, afastou os enfeites para que passasse. Ainda assim, ele subiu os degraus cheio de cuidados para não esbarrar nas peças delicadas e se dirigiu a Amanda:

— Gurgel — se apresentou — vim a mando do patrão, tenho aqui uma carta para a senhora com instruções do seu Heitor — e tirou do bolso um envelope dobrado em dois.

O papel amarrotado da carta e a letra em garranchos deu a ela a sensação da miséria com que havia sido escrita. Sentou-se no chão da varanda, recostou-se na parede e ficou assim por um longo tempo depois de ler a carta, até que seu corpo aceitasse e uma estranha calma tomasse seu espírito.

O homem esperou. Sentiu que qualquer movimento ou palavra faria vibrar o ar e movimentaria os enfeites, alterando os acontecimentos. Por fim, Amanda se ergueu, entregou a carta a Dandinha:

— Heitor fala da gente, de Júlia e Gabriel, somos ilhas, ele disse — e agradeceu o homem pela espera.

— Precisa de algo mais? — ele perguntou, e como Amanda não respondeu, insistiu — posso fazer alguma coisa?

— Nada, obrigada, tudo já está feito.

— Aumentar a varanda daqui um tempo, seu Gurgel — falou Dandinha — pra ter mais lugar para os enfeites e agradar à criança. Crianças são fáceis de agradar.

Querida,

Quase vazio, é assim que me sinto, depois que terminei de escrever o romance. O lado bom é que posso agora me preencher novamente. Só queria me sentir mais feliz por fazer tanto esforço nas longas voltas recorridas a lembranças que me atingiram como golpes de estaca sobre os ombros. Não me sinto mais leve, ao contrário, ando sombrio.
Parece que paguei uma dívida, não sei bem com quem, talvez com você? Comigo? Davi? O próprio Raul e, agora, com o nosso neto? (Nosso menino tem um menino, não é engraçado falar assim?)
Estive em dívida, sim, todo esse tempo, porque não existi, simplesmente isso, pairei sobre as coisas e as pessoas, estive desalojado. Vivi apenas através das palavras.
A vida não nos deu tempo, a você e a mim. Fomos rápidos um para o outro, mas sorvemos o possível. Teve seu lado bom, Amaro, você diria. ficamos livres dos enganos que a longa convivência promove num casal, aquela intimidade preguiçosa nascida do conforto de se sentirem semelhantes. Não haveria o que desvendar, não seríamos mais desconhecidos, tudo se tornaria banal, até mesmo o anúncio de um abandono. Teria sido terrível transpor o abismo absoluto dessa proximidade enganosa, tenho certeza de que você me confortaria assim.

Estou divagando, me perdendo em constatações e tudo o que eu pretendia era contar que, sim, terminei o romance, pus um ponto final, e não tenho muita certeza do que fazer a partir de agora, do que será ou do que acontecerá comigo e com a minha vida. Estou certo, sim, de uma coisa, de que preciso parar de envolvê-la no cotidiano dos vivos. Decidi ir aos poucos rareando minhas cartas até que eu resista de pé, apenas a partir dos versos com que construo meus dias, um após o outro. Ficarei bem assim, tenho certeza.

    Não quero mais me sentir como meus personagens, ancorados uns nos outros como eu a você. Quero estar livre e dócil para resguardar o que colhi e receber as pequenas verdades, e as mais simples.

    Até breve, amor, ainda não será este um adeus, não há em mim o consentimento de que seja assim.

Amaro.

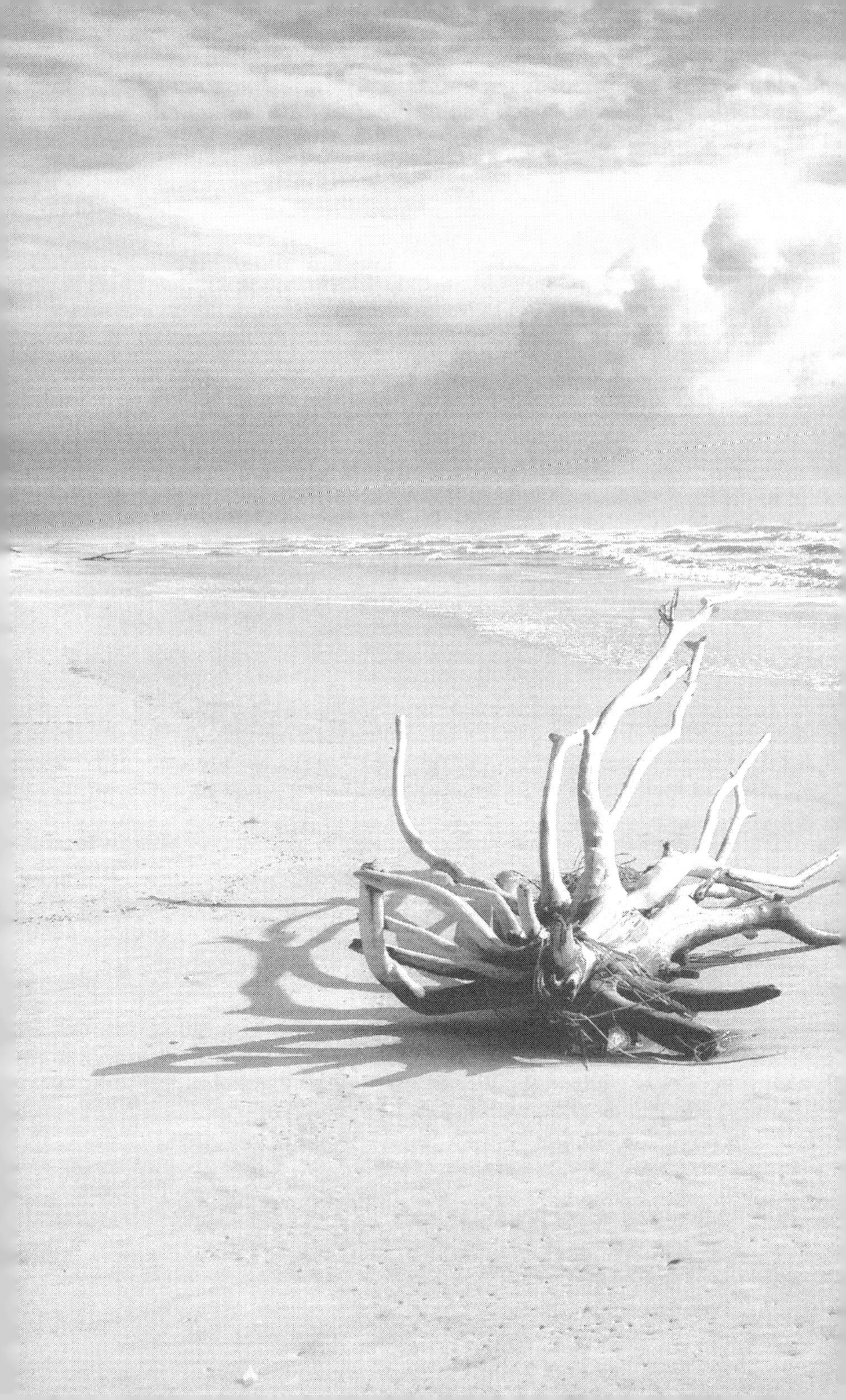